KB016465

이　와　나　미　0　0　2

논문
잘 쓰는 법

시미즈 이쿠타로 지음 | 김수희 옮김

목차

일러두기

1. 이 책의 일본어 표기는 국립국어원 외래어 표기법을 따르되, 최대한 본래 발음에 가깝게 표기하였다.

2. 인명, 지명, 상호명은 최대한 일본어로 읽어주는 것을 원칙으로 하되, 극중에 처음 등장할 시에만 한자를 병기하였으며, 필요한 경우 옆에 주석을 달았다.
   *인명
   　예) 시마자키 도손島崎藤村, 나쓰메 소세키夏目漱石
   *지명
   　예) 우에노上野, 도쿄 시東京市
   *상호명
   　예) 이와나미서점岩波書店, 니혼효론샤日本評論社

3. 어려운 용어는 한자를 병기하였으며, 독자의 이해를 돕기 위해 보충 설명이 필요한 경우 주석을 달았다. 역자와 편집자가 단 주석은, 역자 주, 편집자 주로 표시하였으며, 나머지는 저자의 주석이다.
   *용어
   　예) 번藩(지방의 영지, 1871년 폐번지현으로 현으로 바뀜-역자 주)
   　　 라쿠고落語(우스운 내용의 일본 전통적인 이야기 예술-편집자 주)

4. 서적 제목은 겹낫표(『』)로 표시하였으며, 그 외 인용, 강조, 생각 등은 큰따옴표와 작은따옴표 및 홑화살괄호(〈〉)를 사용했다.
   *서적 제목
   　예) 『사회와 개인社会と個人』, 『청년의 세계青年の世界』

I
단문에서 시작하자

1000자라는 세계에서

약 30년간 나는 글을 쓰며 살아왔다. 글을 쓰는 것에 대해서는 실로 많은 추억이 있는데 그 가운데 가장 괴로웠던 것은 뭐니 뭐니 해도 학창 시절에 겪었던 한 경험이다. 우선 그 이야기에 대해 써보도록 하겠다. 가장 괴로웠던 체험인 동시에 나의 문장 수업에 가장 큰 도움이 되었다고 생각되기 때문이다.

1928년 나는 도쿄제국대학東京帝国大学 문학부 사회학과에 입학했다. 그리고 2학년 무렵 일본사회학회日本社会学会 기관지인 『사회학잡지社会学雑誌』를 통해 외국 문헌을 소개하는 일을 하게 되었다. 학술 잡지 권말에는 '소개와 비평紹介と批評'이라는 난이 있어서 매달 선생님들이나 선배들이 집필을 하고 있었는데 나도 그 멤버로 참여하게 된 것이다. 나 같은 학생이 집필에 참여하는 것은 매우 이례적이었다. 1923년 관동대지진 직후인 중학교 3학년 시절, 내 일생을 사회학에 바치기로 결심한 이후 혼신의 힘을 다해 무작정 공부에만 매달렸고 대학 진학 후에도 다행히 성적이 좋았기 때문에 선생님들이 이 일을 나에게 주셨던 거라고 생각한다. 나도 이제 한 사람의 사회학자가 된 것 같은 기분이 들었기 때문에 이 일이 나에게 부여된 것이 무척 영광스럽기도 했지만 동시에 너무나 당연한 일로 느꼈던 것 역시 사실이다. 어쨌든 나는 바로 그 자리에서 이 일을 맡았고 그로부터 2, 3년간 주로 독일 사회학 문헌을 소개하는 일을 하게 되었다. 그래서 난생 처음으로 원고료라는 것도 받게 되었다. 400자 원고용지 한 장당 70전銭 정도였던 것으로 기억하고 있다.

그러나 막상 시작해보니 문헌 소개라는 일에는 하나의 지침이 있었다. 어떤 문헌이라도 이것을 1000자로 소개해야 한다는 것이었다. 말이 독일 사회학 문헌이지 수백 장에 이르는 긴 저술서가 있는가 하면 겨우 몇 장짜리 잡지논문도 있었다. 문헌의 길이나 분량이 실로 다양한데 소개는 그것과는 전혀 상관없이 일률적으로 1000자로 정해져 있었다. 선생님들이나 선배들 중에는 두꺼운 저서의 경우 목차와 서문 정도만 대략적으로 검토하고 그것을 바탕으로 소개의 글을 쓰는 사람도 있었는데 오히려 그 편이 보다 요령껏 쓸 수 있었을지도 모른다. 그러나 아직 학생 신분인 나로서는 일단 이 일을 통해 공부를 하겠다는 요량이었기 때문에 원문이 긴 저술서든 잡지논문이든 메모를 해가며 꼼꼼히 읽어갔다.

하지만 꼼꼼히 읽으면 읽을수록 중요한 논점은 계속 나타나기 마련이다. 놓치기 어렵다고 생각되는 부분이 속속 발견되어 순식간에 엄청난 분량이 되었다. 그것은 내 머릿속을 가득 메우고 노트를 빼곡하게 만들어버렸다. 읽는 것만이라면 그래도 상관없었다. 그러나 내 일은 읽는 것만이 아니라 소개하는 문장을 써야 한다는 것이다. 하지만 정작 쓰는 단계가 되면 나에게 부여된 것은 고작 1000자라는 작은 세계다. 내 머릿속을 가득 채우고 노트를 빼곡하게 만들어버린 것, 그것을 1000자라는 세계에 다 담아내야 한다. 읽으면서 최선을 다해 모아둔 것들은 산더미처럼 쌓여 있지만 1000자라는 세계에 담을 수 있는 것은 겨우 천분의 일 또는 백분의 일 정도다. 아니, 실제로 내가 할 일은 더 이상 담아내는 작업이 아니었다. 모아둔 다음 마지막에 수확물의 거의 대부분을 버리는 작업이었다. 버려야 한다. 작정을 하고 과감히 버리지 않으면 아무것도 쓸 수 없다. 좋아, 버리자. 하지만 버릴 경우 우선 무엇을 버려야 할까. 그리고 다음으로 또 무엇을 버리면 좋을까. 버리고 또 버리고, 마지막까지 다 버린 후에도 남아 있는 것이 있으리라. 나는 그것을 쓸 수밖에 없다. 이렇게 나는 1000자의 소개를 썼다. 견해를 조금 달리하면 최선을 다해 모은 것을 남김없이 다 버리고, 버린 것들 중에서 다시 한 번 극히 소량의 것을 꺼내 모았다는 말이 될 것이다. 물론 맨 처음 그것을 취했을 때는 그것이 중요하다고 보였기 때문에 모은 것이었다. 하지만 남김없이 버린 후 거기에서 다시금 취할 때는 그저 단순히 중요하다는 것만이 아니라, 도저히 버릴 수 없는 최대한 본질적인 것만이 살아남게 된다. 이렇게 표현하니까 내가 단순히 취하거나 버리기만 하고 있는 것 같지만 취하는 것도 커다란 고생이었고 심지어 그것을 버린다는 것 또한 좀처럼 결심이 서지 않았다. 내 스스로 버렸다기보다는 마지막에 가서 도저히 버릴 수밖에 없는 상황으로 내몰렸다고 하는 편이 맞을 것이다.

내가 상대한 문헌들의 경우, 다루어지고 있는 문제는 실로 다양했지만 모두 한결같이 학문적인 내용이었기 때문에 내 멋대로 읽어갈 수도 없는 노릇이었다. 게다가 학생 처지인 나에게는 아직 자신의 방식대로 읽을 자신감이 없었기 때문에 자연히 매우 객관적으로, 혹은 최대한 저자의 입장이 되어 한 글자 한 글자 더듬어가며 읽게 된다. 나 자신을 죽이게 된다. 그러한 방법으로 엄청난 지식을 모으게 되었던 것이다. 그러나 그것을 1000자로 쓰게 되면, 즉 모은 것들을 버리고 다시 한 번 거기에서 새롭게 다시 취하게 되면 더 이상 저자의 입장이 되는 것은 불가능하다. 객관적으로 행동할 수 없게 된다. 이번에는 쓰는 사람이 되어, 즉 나 자신이 되어 스스로를 강하게 살려가야 했다. 내가 주인이 되어야 한다. 내던져버린 것들 중 마지막에 무엇을 다시금 꺼낼지, 그것을 결정할 사람은 바로 나 자신인 것이다. 내가 적극적으로 활동하지 않으면 무엇이 큰 기둥이고 무엇이 지엽적인 것인지 정해지지 않을 것이다. 추상이라는 작용이 행해지지 않을 것이다.

쓴다는 정신 자세

이상은 내가 읽는 사람에서 쓰는 사람으로 변해갔던 과정이다. 내 정신이 읽는 행위로부터 쓰는 행위로 바뀌어간 코스다. 물론 읽는다는 행위는 듣는다는 행위와 비교하면 다량의 에너지를 필요로 한다. 그러나 쓴다는 행위에 필요한 에너지는 읽는다는 행위에 필요한 에너지를 훨씬 능가한다. 필요한 정신적 에너지 양으로 보자면 쓴다, 읽는다, 듣는다……라는 순으로 차츰 감소해가는 듯하다. 나아가 생각해보면 읽는 행위와 쓰는 행위 사이에는 에너지의 양적 차이만이 아니라 보다 질적인 차이가 있다고 할 수 있다. 정신 자세에 근본적인 차이가 있기 때문이다. 즉 읽는다는 행위가 수동적이라면 쓴다는 행위는 완전히 능동적이다. 양쪽 모두 똑같이 정신적 행위이긴 하지만 한쪽은 상당히 패시브하고 반대쪽은 극히 액티브하다. 특별한 천재라면 몰라도 우리들은 다량의 정신적인 에너지를 방출하지 않으면, 혹은 정신의 전투적인 자세가 없다면 짧은 글이라도 쓸 수 없을 것이다.

이것도 천재들은 예외겠지만 우리들처럼 평범한 사람들의 경우 쓴다는 행위를 통해 비로소 읽는다는 행위가 완료되는 일이 많은 듯하다. 이 점에 대해서는 조금 설명을 덧붙이자. 우리들이 책을 읽는 것은 말할 것도 없이 그것을 이해하기 위해서고 실제로 꼼꼼히 읽어 내려가면 딱딱한 내용의 책이라도 이해할 수 있기 마련이다. 하지만 읽고 있는 동안은 '정말 그래'라든가 '맞아!'라며 마음속으로 맞장구를 치면서 하나하나 이해해가지만, 다 읽고 나면 일종의 분위기만 마음속에 남고 진짜 중요한 책의 내용은 애매한 윤곽을 띠며 파악하기 어려워진다. 이런 경험은 비단 나만 겪는 일은 결코 아닐 것이다. 시간이 지나면 그 윤곽마저 어딘가로 증발해버린다. 실이 끊어진 풍선처럼 하늘 멀리 사라져버린다. 책에 충실히 메모해두면 다행스러운 경우도 있지만 그래도 오랫동안 풍선을 지상에 매어둘 수는 없다. 내 경험으로는 풍선을 지상에 매어둘 하나의 방법, 즉 내용을 자신의 정신에 새겨둘 하나의 방법은 읽고 이해한 내용을 자신의 손으로 표현하는 것이다. 읽은 것을 쓰는 것이다. 학창 시절의 나처럼 1000자라는 말도 안 되는 틀을 스스로에게 부여할 필요는 없으며, 책의 내용이나 분량도 무시할 수는 없겠지만 원고용지 5매든 10매든(이 매수는 처음부터 정해두는 편이 좋다) 읽은 것을 쓰는 수밖에 없다. 쓴다고는 해도 노트처럼 나를 비우고 책 내용대로 쓰는 것이 아니라 자신의 정신을 통해 자기 자신이 써야 한다. 스스로 어느 정도 선까지는 저자가 되어야 한다. 정신 자세가 능동적이지 않으면 안 된다. 정신 자세가 능동적이기 위해서는 원고용지 매수가 그다지 많지 않은 편이 좋을 것이다. 매수는 자유, 아무리 길어도 상관없다고 한다면 정신이 수동적일 수 있다. 극단적인 경우에는 해당 서적을 그대로 베

끼다 결국 그 서적과 비슷한 분량의 것이 태어날 것이다. 이에 반해 매수가 한정되어 있으면 어쩔 수 없이 읽은 것 대부분을 과감히 버리지 않으면 안 된다. 본질적인 것을 뽑아내야 한다. 매수의 제한이라는 것은 정신을 느긋한 수동성으로부터 고통스러운 능동성으로 내몰기 위한 인공적 조건이다. 요컨대 외국 문헌을 소개할 때 내가 경험한 고생, 혹은 이와 비슷한 고생을 각 개인이 하게 되는 것이며, 읽는다는 행위보다 한 단계 높은 쓴다는 고행을 통해 읽는다는 행위는 비로소 완료되는 것이다. 즉 서적을 읽는 것은 이해하기 위해서지만 진정으로 이해하기 위해서는 스스로가 직접 쓰지 않으면 안 된다. 스스로 써야 비로소 책은 나의 것이 된다.

읽는 인간에서 쓰는 인간으로 변한다는 것은 말하자면 수동성에서 능동성으로 인간이 태도를 바꾼다는 말이다. 쓰고자 하는 자세일 때 정신적 긴장은 비약적으로 증대된다. 이 엄청난 긴장 속에서 인간들은 책에 기록되어 있는 대상 깊숙이까지 뚫고 들어갈 수 있다. 그리고 그와 동시에 자신의 정신 안쪽 깊이 들어갈 수 있다. 대상과 정신이 제각각 깊숙한 지점에서 서로 다가간다. 쓰는 것을 통해 우리들은 진정으로 읽는 것이 가능하다. 표현이 있어야 비로소 진정한 이해가 있다.

단문으로 수업을 시작하자

선생님이 외국 문헌 소개라는 일을 나에게 주셨을 때 위와 같은 사정을 눈치채고 계셨다고도 생각되지 않고 내가 이 일을 수락했을 때 그런 점을 상상하고 있었던 것도 아니다. 그러나 그 후 내

문필생활을 돌이켜 보면 이 학창 시절의 경험이 큰 공부가 되었다고 말하지 않을 수 없다. 당시의 나와 비슷한 조건을 많은 사람들에게 요구하는 것은 불가능하며 모든 사람들이 나와 똑같은 유형의 인간이라고도 할 수 없기 때문에 나는 나의 경험을 독자들에게 무조건적으로 강요할 생각은 없다. 그러나 공부에 도움이 될 것같은 제법 딱딱한 서적을 골라 꼼꼼히 읽은 후 짧은 매수로 그 소개를 쓴다는 방법은 널리 초보 분들에게 권할 만하다고 믿고 있다. 이미 언급한 바와 같이, 표현이라는 우회로를 거침으로써 우리들은 진정으로 서적을 읽고 그 내용을 자신의 정신에 깊이 새길수 있기 때문이다. 그리고 두 번째로 단문이라는 괴롭고 좁은 장소로 자신을 밀어 넣음으로써 글을 쓴다는 일의 기초적 작업을 배울 수 있기 때문이다. 자유로운 감상을 자유로운 길이로 쓴다는 방법은 그다지 문장 수업에는 도움이 되지 않는다. 오히려 처음에는 이러한 자유를 버리는 편이 낫다. 요컨대 문장 수업은 책이라는 상대가 있는 단문에서부터 시작하는 편이 좋다는 것이 나의 생각이다. 자유로운 감상이 아니라 책이라는 상대가 있다는 것, 그리고 자유로운 길이가 아니라, 5매나 10매 정도의 단문이라는 것, 이 두 가지가 중요하다.

나도 전후戰後 일정 기간 동안 센다이仙台에 있는 도호쿠대학東北大學에 출장강의를 갔을 때나 그 후 가쿠슈인대학学習院大學에서 근무하게 된 후에도 책에 대한 소개 및 비평을 내용으로 하는 단문을 학생들에게 과제로 부여해왔다. 읽을 책은 몇 종류 가운데 학생 스스로가 고르도록 했고 매수는 책 1권당 10매로 정해두었다. 그러나 이 일을 시키면 나중에 학생들로부터 반드시 클레임이 발생한다. 그 종류도 딱 두 종류였다.

첫 번째 클레임─'쉬울 거라 생각해서 이 책을 골랐는데 쉽기는 커녕 이런 어려운 책은 처음입니다. 엄청 고생했습니다.' 이런 클레임은 대부분의 학생들한테서 나온다. 그러나 잘 들어보면 학생들은 과제를 위해 고른 책보다 분명 어려운 책을 이전에도 읽었다. 이번 책이 특히 어려운 것은 결코 아니다. 다만 이전에 읽었을 때는 단순히 읽고 있었을 뿐이었고 스스로 직접 표현한다는 행위를 동반하지 않았을 뿐이다. 정신이 수동적인 자세여도 괜찮았다. 그러나 내가 부여한 과제에서는 쓰는 것을 전제로 읽어야 했다. 스스로 표현할 수 있도록 이해해야만 한다. 다량의 정신적인 에너지를 방출해야 하기 때문에 정신은 능동적인 자세를 유지하지 않으면 안 된다. 이렇게 되면 동화처럼 쉬운 책이라도 엄청 어렵게 느껴질 것이다. 독자가 저자에게 다가가는 것이다. '태어나서 처음으로 느끼는 어려움'이라고 학생들이 말하는 것은 그 책의 내부에 있는 것이 아니라 책에 대한 인간의 관계 내부에 있다.

두 번째 클레임─'그렇게 긴 책의 내용을 달랑 10매로 쓴다는 것은 무리입니다. 매수가 자유롭다면 훨씬 잘 쓸 수 있었을 텐데, 이번에는 완전히 실패입니다.' 이러한 클레임이 나올 때마다 나는 좁은 도효土俵(스모 경기장─편집자 주)가 있기 때문에 비로소 스모의 기술이 연마되는 법이라고 대답한다. 도효가 좁기 때문에 진 것일 뿐 도효가 좀 더 넓었다면 이겼을 거라는 것은 넌센스다. 화가는 화폭에 그리지 않으면 안 된다. 100호니 뭐니 해도 결국 화폭이란 좁은 것, 한계가 있는 것이다. 화가는 이 작은 세계에 대자연을 그려내야 한다. 아니, 대자연을 그려내는 것이 아니라 작은 화폭 위에서 스스로 대자연을 창조해야 한다. 문장 역시 이와 마찬가지여서 10매의 세계에서 뭔가를 창조해야 한다. 그렇게 나는 학생들에게 대답해왔다. 그러나 10매의 세계에서 승부하는 것은 분명 괴로운 일일 것이다. 부여된 세계가 좁으면 좁을수록 정신은 고도의 긴장감을 어쩔 수 없이 갖게 된다. 그래서 괴로운 것이다. 그러나 정신이 고도의 긴장 속에 있지 않으면 글이라는 것은 쓸 수 없다. 그렇기 때문에 나는 10매라는 틀을 고수하는 것이다.

'창기병'의 경험

앞에서 문장 수업은 단문부터 하라고 말했다. 이 생각은 지금도 변함없다. 그러나 이 생각을 계속 버리지 못하는 것은 학창 시절부터 연구실 시절에 걸쳐 『사회학잡지』의 '소개와 비평'으로 고생한 이후에도 단문이 내 생활로부터 계속 떠나지 않았기 때문이라고도 할 수 있다. 대학을 졸업하고 나서 몇 년 후 나는 『도쿄아사히신문東京朝日新聞』에 빈번히 집필하게 되었다. 특히 학예면에 만들어져 있던 '창기병槍騎兵'이라는 단평란의 단골 집필자가 되었다. 사외 위탁이라고 부를 수 있을지도 모르겠지만 회사에 출근하지 않은 채 월급 50엔을 받았고 집필했을 때는 따로 별도의 원고료를 받았다. 그 대신 다른 상업신문에는 집필하지 않는다는 조건이었다. 1941년 여름까지 몇 년 동안 나는 『도쿄아사히신문』과 이런 관계를 맺고 있었다.

'창기병'은 600자였기 때문에 『사회학잡지』의 외국 문헌 소개보다 훨씬 분량이 적다. 600자라는 세계에서는 쓰기 시작하자마자

곧바로 끝내야 하는 상황으로 옴짝달싹할 수 없다. 아마 갑갑하기로는 이보다 갑갑한 세계도 없을 것이다. 하지만 외국 문헌의 경우와 다른 점은 그저 세계가 좁다는 양적인 문제만이 아니다. 그 외에도 몇 가지 질적인 차이점이 있었다.

1. 『사회학잡지』가 겨우 수백 명의 사회학자를 독자로 삼았다면 『도쿄아사히신문』은 수백만의 일반 민중들이 독자였다. 이 사실로 인해 많은 결과가 뒤따르게 되었는데 가장 곤란했던 점은 학술용어를 사용할 수 없다는 점이었다. 학술용어란 전문학자의 좁은 범위 내에서 통용되는 방언 같은 것으로 외부 인간에게는 이해하기 어려운 반면 스페이스를 무척 절약해준다. 600자라는 세계도 만약 학술용어를 자유자재로 쓸 수만 있다면 조금은 덜 갑갑했을 것이다. 그러나 수백 만 명의 민중이 독자인 신문의 경우, 어떻게든 딱딱한 학술용어만은 피해야 한다. 누구든지 이해할 수 있는 말로 쓰지 않으면 안 된다.

2. 이번엔 외국 문헌이 상대가 아니다. 일간 신문이기 때문에 만인이 관심을 가지는 실질적인 문제를 스스로 찾아내야 했다. 물론 매일 내외에서 크고 작은 사건이 발생했고 나는 그것들 중에서 내 마음대로 문제를 고르면 되기 때문에 자유롭다고 한다면 이처럼 자유로운 일도 없을 것이다. 그러나 그렇게 되자 도대체 어떤 것을 주제로 골라야 좋을지 좀처럼 결심이 서지 않았다. 저것도 안 되고 이것도 좀 그렇고 하는 식이 된다. 원고 마감까지 일주일의 유예가 있다면 그 가운데 6일간은 주제 선택으로 허비해버리는 경우가 대부분이었다. 하지만 이렇게 주제가 결정됐을 때는 이미 이 주제에 대해서 쓸 내용도 정해져 있기 마련이다.

3. 당시 일본은 밖에서는 중국을 침략하고 있는 중이었고 안에서는 파시즘이 발전하고 있는 와중이었다. 어디를 봐도 비판을 가하지 않으면 안 될 문제점들이 많아 이런 의미에서는 주제가 부족할 리 없었지만 동시에 비판을 가능하도록 해줄 언론의 자유는 전혀 보장되지 않았다. 여러 가지 문제에 솔직한 비판을 가해봤자 그런 글들은 활자화되지 않았다. 게다가 실질적인 문제라는 것은 하나같이 위험한 전류가 통하고 있었다. 나로서는 위험한 전류가 통하고 있는 문제를 골라 거기에 살짝 손을 대는 것 외에는 방법이 없었다. 위축된 태도로 뒷맛이 꺼림칙한 비아냥 따위를 쓰는 것 이외에 달리 방법이 없었다. 하나의 예를 들어보자. 오른쪽 글은 제2차 세계대전 발발 직후 1939년 10월 8일자 『도쿄아사히신문』의 '창기병'에 쓴 것이다. 글 중에 보이는 '정동精動'이란 '국민정신총동원國民精神總動員'의 약어로 이것은 1937년 만들어진 국민정신총동원 중앙연맹을 중심으로 하는 일련의 파시즘 운동이다. 이 운동의 일부로서 신사 앞을 지날 때는 보행자도 차 안에 타고 있는 사람들도 반드시 경례를 하도록 정해져 있었다. 나는 정말이지 너무나 바보 같은, 그러나 국가권력에 의해 강제된 습관(?)에 대해 자그마한 빈정거림을 말할 작정이었다. 이러한 사정을 생각하면 내가 주제 선택에 거듭 곤란을 겪었던 것은 그저 자유가 너무 많아 어찌 사용해야 할지 곤란한 지경에 있었기 때문은 아니다.

4. 『사회학잡지』의 원고료는 400자 원고지 한 장당 70전 정도였던 것에 비해 '창기병'은 600자가 20엔이었으나, 어쨌든 상당한 고액이었다. 한 장당 70전이라는 것은 무료는 아니라는 소극적인 증거에 불과하지만 그래도 태어나서 처음 받는 원고료였기 때문에 무

槍騎兵

'경신 사상'
시미즈 이쿠타로

어떤 버스에 한 청년이 타고 있었다. 아무도 경례하지 않을 것 같은 작은 신사 앞을 지날 때라도 이 청년은 공손히 모자를 벗었다. 나는 기특한 청년이라고 생각하며 보고 있었다. 그는 좌석에 앉아 있었다. 그러다가 아이 손을 잡은 부인이 커다란 짐을 가지고 이 청년 앞에 섰다.

그는 좌석을 양보하는 대신 고개를 돌려 창밖으로 눈길을 주었다. 이윽고 버스는 작은 신사 앞을 지났고 청년은 모자를 벗었다. 얼마 지나자 다른 사람이 이 부인에게 자리를 양보했다.

나는 뭔가 있을 수 없는 일을 접한 듯한 기분이 들었다. 가장 경신의 마음이 강한 자가 가장 빨리 자리를 양보할 거라고 무의식 속에서 생각하고 있었기 때문일 것이다. 그러나 이것 역시 얼마든지 있을 수 있는 일일지도 모른다.

신을 공경하는 관념이 현저히 보급되게 되었던 것은 아마도 정동(精動)의 훌륭한 업적 중 하나일 것이다. 하지만 이 경신 사상은 아직 사회생활 속의 도덕과 결합이 부족하다. 그 예는 결코 적지 않다고 생각한다.

경신 관념은 물론 소중하지만 이것만을 고립시키는 것은 위험하다. 이것을 국민의 일반적 도덕과 통일하여 새로운 사회 건설이라는 문제와 구체적으로 결합시켜가는 것이 금후의 국민정신총동원의 커다란 과제라고 생각한다. 경신의 정신만 표현하면 된다는 태도가 가령 엿보였다면 그것이야말로 신에 대한 엄청난 모독이라고 믿어지기 때문이다.

척 기뻤다. 그러나 600자에 20엔이라는 원고료는 우리들 일가의 생활을 지탱하는 수입의 일부이다. 나는 글을 써서 살아가야 했다. 그렇다면 나는 내가 쓰는 한 마디 한 마디로 독자의 마음을 반드시 붙잡아야 했다. 독자들을 감탄하게 만들어야 한다. '경신敬神 사상' 따위로 독자들이 감탄할지 심히 불안했지만 나로서는 그렇게 할 생각이었다.

위에서 언급한 바와 같은 사정을 생각해보면 '창기병' 한 편 즉 600자 문장을 쓰는 고생은 외국 문헌 소개를 1000자로 정리하는 고생을 훨씬 상회하는 것이었다. 물론 그 사이에 수년의 세월이 흘렀고 글을 쓴다는 경험도 조금은 쌓여 있다. 특히 『사회학잡지』 경험이 큰 도움이 되었지만 역시 무척 괴로운 일이었다. 그 괴로움은 외국 사회학자의 긴 저술을 1000자의 세계 안으로 밀어 넣는다는 괴로움과는 성질이 다른 괴로움이었다. 한 글자라도 쓸데없는 단어를 사용할 스페이스는 없었고 한 글자라도 꼬투리 잡힐 만한 틈이 있어서도 안 되었다. 생각만 하고 있는 동안, 즉 한 자도 쓰지 못하고 있는 사이에 600자 문장이 머릿속에서 이미 완성되어 저절로 외워버린 적도 몇 번인가 있었던 것 같다.

단문 수업에서 장편으로

1941년 여름, 학예란 지면 축소에 따라 나와 『도쿄아사히신문』 과의 특별한 관계도 끝났다. 그와 함께 나와 단문과의 인연도 끝나는가 싶었는데 갑자기 『요미우리신문読売新聞』 논설위원으로 위촉되어 그 후에도 1개월에 2, 3회 비율로 한 번에 약 3매 정도의

'사설'이라는 단문을 쓰게 되었다. 나와 단문과의 인연은 상당히 질긴 듯하다. 그러나 그렇다 해도 나는 2매라든가 3매라든가 하는 짧은 글만 쓰며 살아왔던 것은 아니다. 이쯤에서 긴 글에 대한 이야기를 시작하도록 하자.

내가 맨 처음 쓴 긴 글은 문학부 졸업생이라면 누구든 마찬가지겠지만 대학 졸업논문이었다. '오귀스트 콩트Auguste Comte에 있어서의 3단계 법칙'이라는 표제로 길이는 약 200매. 그 일부분은 1931년 졸업 직후 이와나미서점岩波書店에서 발행하는 잡지 『사상思想』에 2회로 나누어 게재하였고 2년 후 『사회학 비판서설社会学批判序説』(리소샤理想社)이라는 책에 수록했다. 그 후 쓴 것이 1935년 출판된 『사회와 개인社会と個人』 상권(도코쇼인刀江書院)으로 이것은 육백 수십 매에 이른다. 1937년에 나온 『청년의 세계青年の世界』(도분칸同文館)도 같은 해 나온 『유언비어流言蜚語』(니혼효론샤日本評論社, 현재는 이와나미서점)도 약 300매였다. 이런 것들은 긴 편일 것이다. 2매라든가 3매라든가 하는 단문과 이런 책들의 중간이라 할 수 있는 30매라든가 50매라든가 100매라든가 하는 길이의 글도 수없이 썼다.

이렇게 나는 여러 가지 길이의 글을 썼지만 맨 처음 외국 문헌 소개의 단문으로 고생한 탓인지 꽤 긴 글을 쓸 때 아무래도 그것이 단문을 쌓아올린 형태가 되어버렸다. 그것이 나의 특수한 경험에 의해 생긴 버릇인지 일반적으로 많은 사람들에게 통용되는 법칙인지 전혀 분명하지 않지만 내 경우에는 단문이 장문의 기초 혹은 요소가 되었다. 많은 단문들을 이어지게 하거나 조합해서 긴 글이 만들어졌다. 도저히 긴 글을 한꺼번에 쓴다는 것이 불가능하다. 시도해본 적은 있지만 번번이 도중에서 실패하고 말았다. 내 마음에서 몇백 장이나 되는 긴 글은 하나의 기계 같은 것이며 많은 단문들은 커다란 기계를 만들어내는 부속품 같은 것이었다. 전에 언급한 방법으로 단문 즉 부속품을 만들어놓고 그것을 조합함으로써 긴 글, 즉 하나의 커다란 기계를 만들어낸다는 것이 된다. 나에게 있어서 짧은 글은 긴 글의 절대적인 전제다. 사정이 그렇기에 행을 바꾼다는 간단한 것도 나에게는 가벼운 마음으로는 불가능했다. 부자유스럽다고 한다면 무척 부자유스러웠다. 타인의 글을 보면 1행이나 2행에서 행을 바꾸고 그 다음에도 1행이나 2행에서 행을 바꾸는 예가 종종 있다. 분명 그 사람은 자연스러운 마음으로 행을 바꿀 수 있었겠지만 내 경우에는 작은 부속품이 끝나지 않으면 행을 바꿀 수 없다. 한 번 행을 바꾸고 나서 다음에 행을 바꿀 때까지 몇 행 내지는 몇십 행이 하나의 단문이 되고 거기에 작은 산이 없으면 아무래도 마음이 놓이지 않았다.

부속품이 없으면 기계는 완성되지 않는다. 그것은 틀림없는 사실이지만 애당초 기계 전체의 이미지가 없다면 어떤 부속품을 만들어야 할지 가늠할 수 없을 것이다. 어떤 부속품이라도 좋으니 많은 부속품을 서로 연결시키기만 한다고 기계가 완성되는 것도 아닐 것이다. 그 때문에 나 같은 단문주의자라도 단문이 긴 글의 전제라고 말할 때 다른 의미에서 긴 글이 단문의 전제라는 진실을 인정하고 있는 것이다. 결국 부속품과 기계 전체의 이미지가 서로 전제가 되며 서로를 컨트롤하는 것이다. 이 과정에 대해 조금 써 보기로 하자.

1. 처음에 주제가 정해진다. 무엇에 대해 쓸까 하는 주제가 결정되지 않는 한 출발 자체가 불가능하다. 주제는 문제라는 용어로

바꾸어 말할 수도 있다. 원래 글을 쓴다는 것은 어떤 문제에 대해 답하는 것이며 어떤 문제를 푸는 것이다. 따라서 스스로가 답할 문제, 자기가 풀 문제가 정해지지 않았다면 어떠한 짧은 문장도 쓸 수 없다. 문제는 스스로가 자유롭게 정할 경우와 타인(예를 들어 선생님)이 정할 경우, 두 가지가 있다.

2. 자신이 문제를 설정하든 타인이 설정해주든 문제가 정해질 때는 스스로가 이 문제에 대해 쓰고자 하는 것, 대답하고자 하는 것의 이미지가 떠오르기 마련이다. 방향이라 해도 좋을 것이다. 이미지라든가 방향이라 해도 상당히 명확한 것에서 무척 애매한 것까지 그야말로 천차만별이겠지만 그 첫 번째 이미지나 방향을 소중히 해야 한다. 이것은 반드시 종이에 분명히 써두도록 하자. 써두는 것 자체가 그리 쉬운 일은 아니다. 그러나 써둔다는 작은 작업에 의해 애매한 것이 명확해지는 경우가 많다. 그런데 명확하든 애매하든 처음에 이미지가 나타난다는 것은 실은 설정된 문제가 일반적으로 예상치 못한 바가 아니기 때문이다. 뭔가 밑바탕이 있었기 때문이다. 스스로가 자유롭게 문제를 선택했을 경우 그 문제는 자신이 과거에 읽었던 것이거나 생각했던 것과 뭔가 인연이 있기 때문에 무수히 많은 문제 가운데 선택된 것이고, 선생님이 설정했을 경우라면 당연히 과거의 강의나 세미나 내용과 깊은 연관이 있기 때문이다.

3. 이미지라는 말은 정의하기 어렵지만 정신에 나타난 전체적인 모습이라는 정도의 의미로 사용한다면 이미지가 떠오르고 동시에 몇 개인가의 관념이 섬광처럼 스쳐 지나가기 마련이다. 관념은 언뜻 생각난 착상이라 불러도 무방하다. 사고방식에 따라 이러

한 관념 혹은 착상 전체가 이미지일지도 모른다. 관념이나 착상은 뭔가 천재의 정신에만 나타나는 것이 아니라 그 누구의 정신에서도 반드시 나타나는 법이다. 인간의 소질이나 유형의 차이는 있겠지만 여기서 가장 중요한 것은 이러한 관념이나 착상을 소중히 해야 한다는 점이다. 착실하게 문장 수업을 하고자 한다면 관념이나 착상이 무엇인지 끝까지 생각해가며 이를 소중히 해야 한다. 즉시 종이에 써두지 않으면 안 된다. 써둔다고 한다면 이것 역시 그다지 쉽지는 않겠지만 어떻게든 명확히 문자로 해두어야 한다. 이것을 소중히 하지 않은 채 자기는 태어날 때부터 글을 못쓴다고 한탄하는 것은 무의미하다.

4. 관념이나 착상을 소중히 한다는 것은 그것을 깊이 생각하는 것, 책 등을 통해 잘 조사하는 것이다. 깊이 생각되고 조사되고 마침내 종이에 적히면 그것은 이미 부속품에 가까워진다. 단문에 가까워진다. 그러나 지금은 긴 글을 쓰는 것이기 때문에 단문으로서 최종적으로 완성할 필요는 없다. 글로 써두는 것은 필요하지만 단독의 단문으로 완성해버리지 않는 편이 좋을 것이다. 그런데 이렇게 관념이나 착상을 가공하며 이것을 부속품으로 만들어가면 그것이 진행되는 과정에서 두 가지 새로운 사실이 나타나기 마련이다. 우선 지금까지 생각지도 못했던 관념이나 착상이 마음속에 떠오른다. 이것도 소중히 해야 한다. 생각하고 조사하고 부속품으로 만들어내야 한다. 나머지 한 가지는 이러한 부속품들이 다 준비되면 맨 처음 이미지 자체가 변화되어가는 것이다. 애매했던 이미지가 명확해지고 빈약했던 이미지가 풍요로워진다. 훌륭한 기계와 비슷해진다. 그러나 이미지가 명확하고 풍요로워지면 그와 함께

새로운 부속품들이 필요하게 된다. 또한 어딘가로부터 새로운 착상도 떠오른다. 반대로 지금까지 크게 도움이 될 거라고 생각해서 열심히 만들어온 부속품들이 필요치 않게 되는 경우도 있다.

5. 이런 상태로 전체와 부분 사이, 이미지와 관념 사이의 상호 컨트롤이 행해진다. 왕복 교통이다. 왕복 교통이 몇 번이나 반복되는 동안 긴 글을 조립하는 데 과부족하지 않은 여러 단문들이 완성된다. 큰 기계를 구성할 만큼의 부속품들이 준비된다. 그런 다음 전체 이미지에 따라 이러한 부속품들을 조립한다. 왕복 교통이 충분히 행해졌다면 마지막 조립은 그리 어렵지 않을 것이다.

긴 논문 전에 데생을

전람회에 가면 큰 방 한가운데 채광이 충분한 장소에 근사한 유화가 전시되어 있고 한쪽의 어두컴컴한 구석에는 자그마한 데생들이 전시된 경우가 있다. 데생 쪽으로 가까이 다가가 바라보면 단단히 주먹을 쥔 손, 조금 왼쪽으로 기울어진 고개, 뭔가를 결의하고 있는 듯한 남자의 입언저리…… 그러한 부분들로 이루어진 꼼꼼한 데생이다. 단단히 주먹을 쥔 손도 한 장이나 두 장이 아니라 몇십 장이나 되는 경우가 있다. 회장에 출품되지 않은 데생도 틀림없이 많았을 것이다. 애당초 데생이 출품된다는 것은 유명한 화가들로 국한되어 있다. 화가의 생활에 대해 전혀 모르지만 아름답고 커다란 유화를 그리기 전 화가는 몇십 장, 몇백 장이나 자그마한 데생을 연구했을 것이다. 나는 커다란 유화를 보는 것보다 작은 데생을 보는 쪽을 좋아한다. 그것은 아마도 나에게는 회화에 대한 진정한 흥미가 없고, 회화를 문장 세계로 끌고 들어와 특히 문장 수업과 결부시켜버리기 때문일 것이다. 조금 거친 표현을 하자면 그 단문이라는 것은, 특히 긴 글의 전제로서의 단문이라는 것은, 회화에서의 작은 데생에 해당된다고 생각한다. 많은 데생을 연구하고 나서야 큰 유화에 착수할 수 있듯이 단문 연구를 충분히 하고 나서가 아니면 긴 글은 쓰지 못할 것이다. 단문을 쓴다는 연습을 생략하고 처음부터 긴 논문을 쓰려고 하는 사람을 종종 발견하지만 그것은 데생조차 하지 않고 커다란 유화를 그리려고 덤벼드는 것과 마찬가지다.

II
누군가의 흉내를 내자

시미즈 소년의 미문

『사회학잡지』의 '소개와 비평'란에 썼던 몇 편인가의 글은 아직까지 내게 남겨져 있지만, 그 이전에 쓴 글들은 거의 아무것도 남아 있지 않다. 글을 쓰는 것은 초등학교 시절부터 좋아했기 때문에 써두었던 것들이 많았을 텐데 관동대지진으로 그 이전의 것들은 다 타버렸고 그 후의 것들도 몇 번에 걸친 이사 등으로 인해 분실되어버렸다. 이처럼 『사회학잡지』 이전 것들은 문자로서는 무엇 하나 남아 있지 않지만 내 기억 깊숙이 더듬어보면 딱 한 가지 남아 있는 것이 있다. 초등학교 시절 선생님이 시켜서 썼던 작문의 마지막 구절이다. 1918년 가을 도쿄 시東京市 니혼바시 구日本橋区 치요다초등학교千代田小学校 5학년이었던 나는 선생님의 인솔하에 다카오 산高尾山으로 소풍을 갔다. 소풍 직후 작문 시간에는 '다카오 산'이라는 제목으로 제각기 한편의 글을 쓰게 되었다. 우리들은 이다마치 역飯田町駅에서 열차로 아사카와 역浅川駅으로 가서 등산을 끝마치고 다시금 기차로 아사카와 역에서 이다마치 역으로 돌아왔다. 나의 작문은 그날 저녁 무렵, 아사카와 역에서 기차를 막 타려고 하는 데서 끝나고 있다. 그 마지막 부분을 11세 소년은 다음과 같이 썼다.

'……그때 마침 알맞게 저만치서 기적소리를 울리며 검은 연기를 품은 채 내달려온 상행선 열차에 이 내 몸을 싣고 도쿄로 향하였던 것이었노라.'

그날로부터 40년의 세월이 흘렀다. 40년간 어째서인지 나는 이한 구절을 계속 기억해왔다. 그 까닭은 무엇일까. 내가 봐도 멋들어지게 썼노라는 득의양양한 마음이 바닥에 깔려 있어서 다시는 잊어버리지 않도록 이 한 구절을 기억 깊숙이 아로새긴 것 같다. 그렇게밖에는 생각되지 않는다. 하지만 어린 내가 혼자만의 힘으로 이 한 구절을 만들어냈다고는 생각되지 않는다. 분명 당시 어떤 책에서 우연히 이런 한 소절을 보았고 마음속으로 감탄했을 것이다. '다카오 산'에 대해 쓰고 있다가 나도 모르게 그것을 다시 떠올리고 글을 맺는 한 구절로 차용했을 것이라 생각된다. 그래서 '해내고 말았노라'라는 만족감을 느꼈을 것임에 틀림없다. 그 만족감이 원인이 되어 오늘날까지 기억하고 있는 것으로 생각된다. 아무런 증거도 없지만 아마도 이러한 사정일 것이다.

문장 수업이 문제가 될 때마다 최근에도 미문美文이라는 것이 화제가 된다. 즉 어떤 시대까지는 아름답고 훌륭한 문장의 모범이 있었고 글을 쓰는 자는 그 모범에 따라야 했다. 그러한 시대가 언제 끝났는지 정확히는 모르겠으나 내가 소년이었을 무렵에는 이미 미문 시대가 끝나 있었다고 생각한다. 많은 선생님들이 '생각한 대로 써', '본 대로 적어'라고 가르쳐주었기 때문이다. 그러나 생각한 대로 쓰고 본 대로 적는다 해도 그것은 그리 간단하지 않았다. 이 점에 대해서는 후술하겠으나 쓴다고 하면 특별한 방법으로 생각하고 특별한 방법으로 보지 않으면 안 되었다. 그래서 작문을 좋아하는 소년으로서는 스스로 생각한 것, 자신이 직접 본 것을 중심에 놓기는 하지만 그와 동시에 타인의 문장 중 멋진 한 구절을 차용하는 결과가 되기 십상이다. 당시에는 한편으로는 미문 시대가 끝났지만 다른 한편에서는 생각한 대로, 본 대로 적는 기술이 아직 완성되지 않은(지금도 완성되지 않았을지도 모른다) 시대였던 것이다. 이러한 불행한 과도기에 대해 생각해보자.

1. '……그때 마침 알맞게 저만치서 기적소리를 울리며 검은 연기를 품은 채 내달려온 상행선 열차에 이 내 몸을 싣고 도쿄로 향하였던 것이었노라.' 이 문장은 문어체다. 나는 이 문장 이전에도 이후에도 '……이다'로 끝나는 구어체 문장뿐 아니라 '……노라'라는 문어체 문장을 쓰고 있었다. 이런 점을 봐도 나는 과도기에 있었던 것 같다. 전문가의 연구에 따르면 이른바 언문일치 운동은 에도 막부 말기부터 메이지明治(1868년~1912년) 초기에 걸쳐 소수의 선각자들에 의해 개시된 이후 몇 단계인가를 거쳐 오늘에 이르렀으며 이 과정을 통해 '……노라'로 끝나는 문어체는 멸하고 '……이다'로 끝나는 구어체가 승리를 점해왔다. 제2차 세계대전 후 '일본 국헌법'이 구어체로 작성된 것은 문어체의 절대적 패배, 구어체의 절대적 승리의 증거라고 봐도 무방하다. 그런데 내가 '……그때 마침 알맞게……'라고 썼을 시기는 '구어체의 완성기'라고 전문가가 명명하고 있는 시대에 속한다. 이 시대에 시마자키 도손島崎藤村, 도쿠다 슈세이德田秋声, 나쓰메 소세키夏目漱石, 모리 오가이森鷗外, 다니자키 준이치로谷崎潤一郞, 무샤노코지 사네아쓰武者小路実篤 등의 작가들이 문학 세계에 구어체를 확립했던 것이 중요했고 또한 그에 뒤지지 않게 신문 기사에서의 구어체 확립 역시 중요하다. 이전부터 신문 기사는 점차 구어체가 되고 있었음에도 불구하고 격식을 차린 '사설'만은 여전히 문어체를 고수하고 있었다. 그러나 이 시기에 이르면 '사설'도 마침내 구어체로 바뀐다. 『도쿄니치니치신문東京日日新聞』은 1921년 1월 1일부터, 『도쿄아사히신문』은 1922년 1월 1일부터 구어체의 '사설'을 게재하게 되었다. 이러한 '구어체의 완성

기'에 있었으면서도 작문을 좋아하던 소년은 가락이 멋진 문어체에 어떤 매력을 느끼고 있었으며 문어체를 구사할 줄 아는 스스로에게 자부심도 느끼고 있었다. 실제로 그 작문이 문어체가 아니었다면 40년이나 흐른 오늘날까지 내가 기억할 일은 없었을 것이다. 우선 문어체가 가진 가락의 탁월성, 그 때문에 나는 기억할 수 있었다. 두 번째로 문어체를 구사할 수 있다는 자부심, 그 때문에 나는 이 한 구절을 몰래 반추해왔다고 생각한다.

2. 미문이라는 것이 문제가 될 때마다 '호리병 하나를 들고 스미다가와 둑에서 노닐다—瓢を携えて墨堤に遊ぶ'라는 이야기가 나온다. '호리병 하나'란 조롱박으로 만든 병을 말하는데 거기에는 술이 들어 있다. '스미다가와 둑'이란 도쿄를 관통하는 스미다가와隅田川(墨田川)의 흙으로 된 둑을 말한다. 술을 가지고 스미다가와에 벚꽃구경을 하러 나갔다는 말이다. 이러한 주제에 대해 미문의 규범이 있었으며 문장 공부라고 하는 것은 이런 규범을 흉내 내는 것이었다. 그러나 내 소년 시절에는 이러한 미문 전성 시기가 이미 지나가 버렸다. 지나가긴 했지만 마음에 든 한 구절을 누군가의 글에서 차용하는 방법은 사용되고 있었을 것이다. 적어도 나는 사용하고 있었다. 차용도 흉내다. 모방이다. 그것은 분명하지만 미문 시대의 모방과 내가 했던 모방 사이에는 하나의 차이점이 있다. 즉 미문 시대에는 천하에 당당히 공개적으로 드러난 모범이 있어서 그것을 모두가 일제히 모방했던 게 아닐까. 그것은 사회적인 단계에서 행해진 것이 아니었을까. 하지만 내 경우에는 타인의 글이라고는 해도 아무도 모르는 어떤 인간의, 그다지 유명하지 않은 문장에서 차용하고 있었다. 내가 직접 그것을 찾아내서 혼자 몰래

차용했던 것이다. 이것은 개인적인 차원에서 행해진 일이다. 공공연히 하든 몰래 하든 모방은 모방이고 창조가 아니지만 두 가지의 모방 사이에 존재하는 차이점을 놓쳐서는 안 될 것이다. 과도기는 여기에도 있는 듯하다.

3. '……그때 마침 알맞게……'란 '때마침' 정도의 의미로 아사카와 역에서 기차를 기다릴 필요가 없었다는 것, 우리들이 역에 도착하자 거의 동시에 열차가 들어왔다는 것을 표현하고 있다. 그러나 그날 정말 그랬는지 돌이켜 생각해보면 심히 자신이 없어진다. 어쩌면 30분, 혹은 한 시간이라도 아사카와 역에서 상행 열차를 기다리고 있었는지 모른다. 지금에 와서는 그것을 조사할 방법조차 없지만 설령 우리들이 30분이든 한 시간이든 기차를 기다리고 있었다고 해도 나는 태연히 '……그때 마침 알맞게……'라고 썼을 것임에 틀림없다. 이것만은 말할 수 있다. 나의 실제 경험 이전에 마음에 들었던 한 구절이 있었고, 마음에 든 한 구절 쪽이 나의 실제 경험에 우선하는 힘을 가지고 있었다. 자신의 경험을 희생하면서까지 형식이 잘 갖춰진 문장이 나오면 되는 것이다. 나에게 중요한 것은 훌륭한 글을 쓰는 것이었으며 자신의 자그마한 경험에 얽매일 필요가 없었다. 자신의 경험은 훌륭한 글이 태어나기 위한 계기가 되면 된다. 애당초 그러한 기분이었을 것이다. 이렇게 생각해보니 내 경우의 모방과 미문 시대의 모방과의 거리는 그다지 과대평가할 수 없게 된다. 어린 아이가 호리병에 술을 넣어 벚꽃구경을 하러 나간다고 할 정도로 현실을 무시한 것은 아닐지라도 내 경우도 역시 상당한 현실 무시라고 할 수 있다.

4. '……그때 마침 알맞게……'라고 내가 쓴 것은 제1차 세계대

전이 연합국 측의 승리로 끝났을 무렵의 일이다. 그리고 연합국 측이 민주주의(당시에는 민본주의라고 불렸던 것 같다)를 주창하고 있었기도 해서 전후 일본은 민주주의 사상 및 운동에 의해 크게 흔들리게 되었다. 이 시대에 '구어체의 완성기'가 도래한 것도 민주주의와 떼어내어 생각할 수 없을 것이다. 대표적인 2대 신문 '사설'이 구어체가 되었다는 사실은 민주주의 압력에 의한 것임과 동시에 그 스스로 민주주의 압력의 하나의 요소로 기능하였다. 제1차 세계대전 이후의 민주주의 속에서 '사설'이라는 정식 문장이 구어체가 되었고 제2차 세계대전 후의 민주주의 안에서 '일본국헌법'이라는 최고의 정식 문장이 구어체가 되었다. 구어체의 완성에 의해 문장은 이미 완성된 틀에서 벗어나 인간의 실제 경험 쪽에 가까워졌다. 미문의 경우는 인간의 솔직한 경험보다 글의 형식이란 것이 우선시되었으며 글을 쓴다는 것은 이 형식을 따른다는 것으로 경험을 표현하는 것이 아니었다. 전통적인 형식 앞에 나가면 인간의 경험 따위는 한방에 훅 날아갈 버릴 정도의 미미한 존재였다. 무시해도 좋을 대상이다. 글의 형식은 행위의 형식에 대응한다. 도덕 세계에서는 충효를 바탕으로 훌륭한 행위의 형식이 이미 존재하고 있어서 자신의 진짜 심정이나 바라는 바가 어떠하든 행위의 형식이 인간의 마음보다 우선시되었다. 인간은 진정한 마음을 억누르고 형식에 자신을 맞춰야 했다. 미문의 전통은 도덕의 전통과 하나의 세트였다. 미문의 형식을 무시하고 자신의 정직한 경험의 권리를 인정하며 그것을 글로 써서 나타내는 것, 도덕의 형식에 구애받지 않고 자신의 진정한 소망의 가치를 믿으며 그 방향으로 행동하는 것, 이것은 민주주의라고 하는 것의 근간이다. 그러나 11세의 나는 30분이든 한 시간이든 아사카와 역에서 기다렸다고 해도 '……그때 마침 알맞게……'라고 태연히 썼을 것임에 틀림없다. 나뿐만이 아니다. 일부 작가들을 제외하면 대부분의 사람들이 그러한 자세로 글을 쓰고 있었다.

여기까지 쓰고 있는데 친구가 이가라시 지카라五十嵐力의 『신문장강화新文章講話』 제7판(1916년)을 가지고 와주었다. 이 책의 전신 『문장강화文章講話』는 1905년 초판이 나와 있다. 제7판의 권두에 놓인 '서문을 대신하여 작문상의 경험을 말하다'에는 다음과 같이 적혀 있다.

'나는 가장 우선적으로 진실을 묘사하고자, 있는 그대로를 묘사하고자 합니다. 이렇게 말하면 너무 당연하여 새삼 거론할 필요조차 없는 일처럼 여겨지겠습니다만, 결코 그렇지 않습니다. ……인간에게는 대부분 옛날을 숭상하고 강자에게 복종하는 성질이 있습니다. 옛사람들이 말했다, 선진국 대가가 썼다, 하면 그것이 사실인지 아닌지 묻지 않고, 또한 자신이 정말로 그렇게 생각하고 있는지 아닌지도 논하지 않고 자기도 모르게 그 옛사람이나 선배의 말을 흉내 내기 마련입니다. 자칫하면 거짓이라고 생각지 않고 자기도 미처 인식하지 못한 채 거짓을 말하게 됩니다. 이리하여 중등과정도 가까스로 졸업했으니 놀고만 있기보다는 도쿄로 올라가 어디 학교라도 들어가면 되겠지, 여름방학엔 곧바로 돌아와라, 겨울방학에도 꼭 돌아와라, 라는 식으로 상경한 어린 학생들도 막상 〈상경의 느낌〉을 글로 쓰는 단계에 이르면 곧바로 "대장부 뜻을 품고 고향을 나서다. 배움을 만약 이루지 못하면 죽어도 아니 돌아오리라"라는 식의 격앙된 어조의 문구를 늘어놓습니다. 짐을 부치고 기차에 몸을 맡긴 채 하룻밤을 자고 있는 동안 우에노上野나 도쿄 역에 도착한 자라도 "배움을 얻고자 도쿄에 왔노라"라고 씁니다. 일단 고향을 벗어나면 함께 놀 친구가 설령 몇 명 있어도 "천애에 고독한 나그네"라고 쓰지 않으면 센스가 없는 것처럼 생각합니다. ……이것은 단지 젊은 학생들만이 아닙니다. 어른들도 마찬가지입니다. 국가 사회의 문제 등에는 애당초 주의를 기울여본 적이 없는 사람이라도 붓을 들면 충군애국이라든가 국가를 위해, 사회를 위해서, 라고 써댑니다. 혹은 "바야흐로 도의가 완전히 사라져서 허무하다"라는, 일찍이 생각해본 적도 없는 비분강개의 문구를 나열하는 사람이 있는가 하면 바로 그 사람이 자리가 바뀌면 "바야흐로 성덕이 높으신 천자가 위에 있어 정사를 행하는 곳에 헛된 땅이 없으며 온 나라에 굶는 자 없도다"라는 식으로 무조건적인 낙천적 송덕문頌德文을 씁니다.'

대가의 글을 흉내 내자

1925년 봄, 나는 독일학협회학교중학교獨逸学協会学校中学라는 긴 이름의 중학교 4학년을 수료하고 도쿄고등학교 고등과 문과 을류乙類로 진학했다. 을류란 독일어를 제1 외국어로 하고 영어를 제2 외국어로 하는 클래스다. 내가 다니던 중학교는 외국어로 영어를 가르치던 다른 모든 중학교들과 달리 독일어를 가르치는, 당시 일본에서 유일한 중학교였다. 고등학교 입학시험은 독일어로 치렀다. 독일어로 시험을 치른 사람은 몇 명 있었지만 입학한 것은 나밖에 없었기 때문에 영어를 모르는 나 한 사람을 위해 특별 클래스를 만드는 것도 불가능하여(그 대신 재학 중 영어만은 백지 답안을 내도 유급이 되지 않고 최저 점수는 보장한다는 특권을 획득했다) 결국 나는 중학교에서부터 영어를 해왔던 친구들과 함께 같은 교과서로 공부하게 되었다. 입학 당시 선생님은 사와무라 도라지로沢村寅二郎 선생님이었으며, 교과서는 유명한 스티븐슨R. L. B Stevenson(1850년~1894년)의 『당나귀와 떠난 여행 Travels with a Donkey』(1879년)이었다. 한동안은 나도 진력을 다해 보았지만 바탕이 전혀 없었기 때문에 도저히 동급생 친구들을 따라갈 수 없었다. 게다가 학교 당국으로부터 낙제를 시키지 않는다는 보증까지 얻은 마당이었기에 얼마 후 모든 것을 포기하고 그저 멍하니 사와무라 선생님의 이야기를 한귀로 듣고 한귀로 흘려버리고 있었다. 한편 나에게는 도무지 이해되지 않았지만 선생님 말씀에 따르면 스티븐슨의 문장은 무척 명문이라고 한다. 그렇다면 어찌하여 그가 이런 명문을 쓸 수 있게 되었는가, 하시며 선생님은 이야기를 이어나가셨다. 이 이야기는 선생님이 무척 잘 아시는 분야인 것 같아서 나는 똑같은 이야기를 1년간 세 번 정도 들었다. 여러 번 들었다고 느껴진 까닭에는 선생님이 잘 아시는 분야라는 것도 있겠지만 영어 공부 자체를 내팽개친 나에게 이 이야기만은 이해되었다는 사실, 흥미를 일으키는 유일한 이야기였다는 점도 틀림없이 있었을 것이다. 어찌하여 스티븐슨은 이러한 명문을 쓸 수 있게 되었을까. 사와무라 선생님의 설명에 따르면 이것은 그가 대가의 명문을 모방한 덕택이었다. 우선 스티븐슨은 A선생님 스타일을 그대로 흉내내고, A선생님과 구별할 수 없을 정도의 글을 몇 년간 계속 쓴다. 그러다가 이번에는 B선생님의 흉내를 내기 시작하여 B선생님과 조금도 다르지 않은 글을 몇 년이나 써본다. 스티븐슨의 명문은 이러한 수업 끝에 얻어진 것이다. 제군들도 훌륭한 글을 쓰고 싶다고 생각하면……, 이 부분에서 사와무라 선생님의 이야기는 끝난다. 스티븐슨이 정말로 위와 같은 방법으로 문장 공부를 했을까. 나는 그저 사와무라 선생님의 말씀을 믿을 수밖에 없다. 하지만 스티븐슨이 A선생님 흉내에서 B선생님 흉내로 바뀐 것은 어떠한 사정 때문일까. A선생님의 스타일에 질렸기 때문일까? 새롭게 B선생님을 모범으로 삼았던 것은 B선생님 스타일이 A선생님 스타일과 정반대의 특징을 가지고 있었기 때문이었을까? 이러한 점들에 대해 사와무라 선생님에게 질문하고 싶었지만 영어 자체에 대해서는 완전히 침묵하고 있으면서 여담에 대해서만 질문한다는 것도 좀 그래서 도저히 여쭈어볼 수 없었다.

사와무라 선생님의 이야기는 모방의 가치를 말씀하셨다는 점에서 중요했다. 내가 흥미롭게 들었던 것도, 오늘날까지 기억하고 있는 것도 분명 그 탓일 것이다. 문장이 문제가 될 때마다 모토처럼 반복된 것은 '미문의 정해진 틀에 박혀서는 안 된다'는 것이었다. '미문을 추방하지 않으면 안 된다', '흉내를 내서는 안 된다'는 것이었다. 이것은 이른바 파괴 작업이다. 미문의 형태를 흉내 내지 않는다면 도대체 어떻게 쓰면 될까? 이것은 건설 작업 쪽이다. 그러자 이번에는 '생각한 대로 쓰면 된다', '본 대로 적으면 된다', 라는 것이 이 역시 모토처럼 반복되어질 뿐이다. 실은 어떻게 써야 할까 하는 질문은 생각한 대로 쓰고자 해도, 본 대로 적고자 해도 그렇게는 쓸 수 없다는 데에서 나온다. 생각한 대로, 본 대로, 라는 교훈은 곤경에 처한 질문자의 등을 떠밀어 더더욱 곤경에 빠뜨릴 뿐이다. 명료한 기억은 남아 있지 않지만 중학교 시절의 나는 의외로 이러한 의미에서 완전히 곤란해하고 있었을지도 모른다. 곤란해하던 처지로서 명문을 흉내 내라는 사와무라 선생님의 말씀은 큰 위로가 되었다. 해서는 안 되는 일이 아니라 하는 편이 좋다는 것을 처음으로 가르쳐주셨기 때문이다. 미문의 틀에 따라 글을 쓰는 것도 모방이고 사와무라 선생님의 교훈도 모방의 권유다. 모방이라는 점은 똑같지만 미문의 경우는 자신의 정직한 경험을 버리고 기존의 틀에 밀착해가는 것인데 사와무라 선생님이 말씀하시는 모방은 미문의 틀에서 해방된 인간이 생각한 대로, 본 대로 적으려고 할 때 어떻게 쓰면 좋을지 그 힌트를 제공한다. 스티븐슨 자신의 경우는 어땠는지, 사와무라 선생님의 진의는 어땠는지, 그것을 떠나 나는 그렇게 해석하고 있다. 그런 의미에서는 문장 방법을 배우려고 하는 사람들에게 있어서 사와무라 선생님의 교훈은 큰 도움이 된다고 생각한다. 사와무라 선생님을 대신해서 나도 이것을 추천한다.

그러나 그 후 내가 글 때문에 고생하게 된 후 사와무라 선생님에게 다음과 같은 문제에 대해 여쭈어보고 싶다고 생각한 적이 있다. 스티븐슨은 A선생님이나 B선생님의 그저 문체만을 흉내 내고 있었을까요. 애당초 문체만을 흉내 내는 것이 가능한 일일까요. 그렇지만 이것은 사와무라 선생님에게 여쭙기보다는 나 스스로 생각해야 할 문제였다. 스티븐슨의 경우는 잘 모르겠지만 일반적으로 문체만을 흉내 낸다는 것은 불가능할지도 모른다. 불가능하지는 않을지라도 무척 어려운 일처럼 생각된다. 미문의 틀을 흉내 내는 경우라도 모범이 되는 미문에 나타난 풍경을 어떻게 느껴야 할지는 문장 수업자 자신의 정직한 느낌을 제치고, 수업자의 마음속에 자리 잡아 버리기 때문에 마침내 수업자의 눈 자체가 미문과 비슷하게 되어버리는 법이다. 미문이라는 안경을 쓰고 그는 달을 우러러 바라보고 지긋한 눈으로 꽃들을 바라볼 수밖에 없게 된다. 충효를 시작으로 하는 도덕적 규범도 글의 규범과 비슷한 사정에 있다고 말해도 좋을 것이다. 도덕이라는 안경을 쓰고 인생을 보게 된다. 하물며 미문의 틀을 답습하는 것이 아니라, 자신이 생각한 대로 쓰고, 본 대로 적는다고 하는 전제하에서 누군가의 문체를 흉내 낸다고 하면 자신의 경험 세부를 정직하게 표현하는 데 도움이 될 문체의 소유자를 찾아내지 않으면 안 된다. 미문의 틀이 멀리에서 우뚝 솟아 있는 권위라고 한다면 이번엔 자신의 바로 근처에 있으며 자신의 경험과 동질의 경험을 가지고, 게다가 확실히 이것을 표현하고 있는 사람의 문체를 흉내 내게 된다. 그것은 자신만이 찾을 수 있는, 자신만이 가질 수 있는 규범이다. 이처럼 자신과 규범과의 거리가 가까우면 규범인 문체가 자신 내부에 들어올 때 당연히 그 문체의 소유자의 사고방식이나 시각도 자신의 사고방식이나 시각과 하나로 혼연일체가 되어 녹아들어 버린다. 자신의 경험을 의식적으로 파악해내려고 하자마자 문체의 소유자의 경험의 처리 방법을 채용해버린다. 문체만을 흉내 내려 해도 문체에는 사상이 스며들어 있다. 사상이란 궁극적으로는 경험을 처리하여 조직하는 방법이며 또한 처리되어 조직된 경험이다.

미키 기요시의 교훈

다시 한번 『사회학잡지』로 되돌아가기로 하자. 내가 이 잡지에 처음으로 소개한 것은 엘리어트의 '사회적 행위 분석에 있어서의 정신병리학적 명칭의 적용'이라는 논문이었다. 나는 1000자의 소개 문장을 다음과 같이 쓰기 시작하고 있다. '사람이 사회를…….' 내가 이렇게 쓴 것만으로 어느 연령대의 인텔리라면 이것이 미키 기요시三木清(1898년~1945년, 일본 철학자-편집자 주)를 흉내 내고 있다는 사실을 눈치챌 것이다. 내가 아는 한 '사람'이라는 일본어를 이런 식으로 사용한 것은 미키 기요시가 최초인 듯하다. 이것은 독일어 man 혹은 프랑스어 on이라는 부정인칭대명사를 일부러 번역한 것이다. 원래 '세간에서는'이라고 할 정도의 약하고 애매한 의미의 단어여서 많은 번역자들은 이것에 특정한 번역어를 부여해오지 않았던 것 같다. 무시하는 경우가 많았다. 그러나 미키 기요시는 번역뿐 아니라 일반적인 일본어 문장을 쓸 때도 배후에 man이나 on을 연상시키며, '사람들은……'이라고 썼다. 내가 '사람이 사회를……'이라고 썼던 것은 명백히 그의 영향이다. 내 소개 문장을 읽어 나가면 '……이 아니라, 오히려……'라는 표현이 여기저기에 나온다. 이것도 미키 기요시가 독일어 ……nicht……, sondern……을 모델로 해서 발명한(?) 일본어라고 생각한다. 겨우 1000자라는 갑갑한 세계에서 이렇게 장황한 표현을 사용하고 있는 것은 한심스러운 이야기이지만, 모방이란 것은 그러한 계산이나 이치를 뛰어넘어 버리는 것인 듯싶다.

그러나 나는 미키 기요시의 문장을 적극적으로 흉내 내려는 의도는 없었다. 큰 흥미를 가지고 그의 논문을 읽었던 것은 스티븐슨의 문장 수업에 관한 사와무라 선생님의 이야기를 듣고 나서 수년 후이다. 시간 관계로 말하자면 내가 미키 기요시를 스티븐슨에

있어서의 A선생님으로 간주하는 것도 충분히 가능했다. 그러나 미키 기요시가 나에게 있어서의 A선생님이기 위해서는 내가 그의 문장에 깊이 감탄하지 않으면 안 된다. 그렇지 않았다면 모방은 행해지지 않았을 것이다. 그러나 나는 미키 기요시의 문장에는 그다지 공감하지 못했다. 그가 단어 하나하나를 신중하게 골라 쓴다는 것은 알고 있었고 이런 태도는 무척 소중하다고 생각하고 있었지만 나의 불만은 그의 문장이 아무래도 우물쭈물하다고 느껴졌다는 점에 있었다. 스피드가 없다고 할까, 템포가 느리다고 할까, 핵심을 딱 잡지 못한 채 너무나 장황한 느낌이 든다. 시원시원하고 분명한 맛이 없다(지금 그의 문장을 다시 읽어보면 템포가 느리다거나 똑 떨어지는 맛이 없다거나 하는 느낌은 그다지 없다. 그러나 당시에는 그렇게 느끼고 있었다). 이렇게 느껴져서는 도저히 미키 기요시가 나의 A선생님일 수 없다. 그러나 그럼에도 불구하고 그의 사상은 강하게 내 마음을 사로잡고 있었다. 그의 문체는 받아들여지지 못했지만 그의 사상에는 완전히 푹 빠져버렸다. 이렇게 생각하면 이미 문체에 사상이 스며들어 있다고 앞에서 썼지만, 문체와 사상이란 단순히 하나의 것이라고는 잘라 말할 수 없게 된다. 그가 마르크스 학설을 서양의 사상사적 발전이라는 넓은 장소에서 자유롭게 해석하는 방법은 『나의 마음속 편력私の心の遍歴』(1956년, 주오코론샤中央公論社)에서 언급했듯이 그 무렵 사회학과 마르크스주의 사이에서 고민하고 있던 나에게 하나의 구제처럼 생각되었다. 나는 그의 논문을 읽고, 나아가 이 논문에 인용되고 있는 서양 학자들의 저작물들을 읽었다. 이렇게 해서 나는 미키 기요시의 세계로 들어갔다. 들어가면서도 우물쭈물하는, 핵심 없는 장황한 표현에는 어지간히 질렸다. 그렇지만 문

체와 사상은 단순히 하나의 것이 아님과 동시에 단순히 두 개의 것도 아니었다. 나는 사상만을 열망했는데 미키 기요시의 사상과 더불어 그의 문체도 함께 와버렸다. 사상은 글이라는 의복을 몸에 걸치고 비로소 표현될 수 있다. 언어라는 형식 속에서 비로소 존재할 수 있다. 그의 사상이 나의 내부로 들어올 때 피치 못하게 그것은 특정 언어적 형식에 담겨져 있었다. 언어적 형식이 설령 나에게 호감 가는 스타일이 아닐지라도 그것은 어쩔 수 없이 나의 내부로 스며들어 온다. 문체를 모방할 의도는 애당초 내게 없었으며, 오히려 이것을 거부할 태도마저 지니고 있었는데 결과적으로 나는 그의 문체를 모방하게 되었다. 이러한 사정은 내가 주체인 모방이라는 관계로서가 아니라 그가 주체인 영향이라는 관계로 파악하는 편이 나을 것이다. 내가 모방한 것이 아니라 그가 영향을 끼친 것이다. 나와 비슷한 세대 가운데 미키 기요시의 글을 흉내 내고 있는 사람들은 적지 않다. 요즘에는 상당히 줄어들고 있지만 당시에는 꽤 많았다. 그러나 이 사람들이 적극적으로 미키 기요시를 모방하고 있었다고 생각하기보다는 역시 미키 기요시로부터 영향을 받았다고 생각하는 편이 안전할 것이다. 이 사람들이 사와무라 선생님의 말씀을 들었을 리 만무하기 때문이다.

사상이 아니라 글만을 문제 삼았을 때 나에 관한 한 미키 기요시의 영향이라는 것은 그의 문체의 고유한 것이 내 내부로 들어왔다기보다는 미키 기요시를 통해 유럽어의 고유한 것이 내 내부로 들어왔다는 사실이 중요한 것 같다. 그 예는 앞서 언급한 '사람들은……', '……이 아니라, 오히려……'이다.

주어를 소중히 하자

'사람들은……'이라는 표현은 나도 1년 정도 사용해보았던 것 같은데 아무래도 불쾌함을 줄 것 같아 그 후 어느 순간부터 쓰지 않게 되어버렸다. 독일어 man이나 프랑스어 on을 대신하여 '사람들은……'이라고 쓰는 것은 조금 과장이다. man sagt……나 on dit……은 '……라고 언급되고 있다'라든가 '……라는 말이다'라고 번역하면 되기 때문에 '사람들은 ……라고 말한다'라고까지 하는 것은 번역어 과잉이다. 일전에 드니 위스망Denis Huisman 『철학논문 쓰는 법L'art de la dissertation philosophique』(1958년)이라는 책을 읽는데, on에 대해 쓰여 있었다. 이런 부정확한 단어 사용은 피해야 한다고 드니 위스망은 말한다. 실제로 man이나 on은 누구를 가리키는지 분명치 않은 부정인칭대명사이기 때문에 부정확할 것임에 틀림없다. 그러나 부정확한 유럽어에 대응하는 일본어로서 '사람'이 사용되면 부정확은커녕, 정확함을 뛰어넘어 일일이 다짐을 하는 듯한 장황함이 느껴진다. 이것도 당연한 말일 것이다. 유럽어의 경우 항상 주어가 확실하다. 일본어처럼 주어가 없는 문장이나 무엇이 주어인지가 불명확한 문장, 그러한 것은 거의 없다. 항상 주어가 명료한 세계 측에서 보자면 man이나 on은 무척 부정확한 단어라는 말이 될 것이다. 드니 위스망은 항상 주어가 명확한 세계 입장에서 on의 사용은 피해야 한다고 지적하고 있는 것이다. 그렇지만 일본어는 주어가 없는 문장이 흔히 통용되는 세계다. 무엇이 주어인지, 아무리 생각해도 알 수 없는, 개개의 인간을 포함한 분위기 같은 것을 가령 주어로 간주해야 할 문장도 있을 정도다. 이런 세계에서 갑자기 '사람들'이라는 주어가 느닷없이 빈번히 보였기 때문에 원래는 부정확한 단어라고 해도 나는 일종의 장황함을 느꼈을 것이다. 나는 '사람'을 애용할 마음이 들지 않았다. 그러나 적잖게 당혹스러운 '사람'은 나에게 주어라는 것의 중요성을 철저히 주입시켜주었다. 어쨌든 일본어에서는 누구도 책임지지 않는 분위기의 배후로 숨어버리는 주어를 의식의 한가운데로 고정시켜준 것이 바로 미키 기요시의 '사람'이었다.

무엇을 긍정하고 무엇을 부정할까

'……이 아니라, 오히려……' 쪽은 그 당시뿐 아니라 오늘날에도 때때로 사용되고 있다. '사람'과는 다른 의미에서 이것 역시 장황한 말투이다. '……이 아니라, ……'로 끝내려면 끝낼 수 있는데 쓸데없는 글자를 사용하고 있다. 이것도 확인을 하는 장황한 표현이다. 무엇을 부정하고 무엇을 긍정하는지 일일이 확인하고 있다. '……A가 아니라, 오히려 B이다.' A는 절대적으로 부정되고 B는 절대적으로 긍정된다. 이렇게 써버리면 나중에 A를 조금 긍정하는 것도 B를 조금 부정하는 것도 불가능해진다. 얼버무릴 수도 없다. 두 개 중 하나를 고르고 다른 것은 버린다. 영어의 …… not……, but……이나 독일어의 ……nicht……, sondern……이나, 프랑스어의 ……ne……pas……, mais……에 그렇게 특별히 강한 어감이 있는지는 잘 모르겠으나 외국어의 경우 일상 회화에서도 예스나 노를 먼저 분명히 해두는 것이 일반적이라는 것을 생각해보면 역시 어떤 강한 어감이 있을 것으로 판단된다. 그러나 일본어 세계에서는 부정과 긍정이 종종 애매해진다. 회화체에서도 문어체에서도 앞에서 부정된 것이 뒤에 가볍게 긍정되기도 하는 경우가 많다. 부정인지 긍정인지 애매한 글이 깊이 있는 말투나 맛깔스러운 표현으로 간주되기도 한다. 말할 것도 없이 이러한 현상은 일본 사회생활의 전통과 직결된다고 할 수 있다. 그러나 긍정인지 부정인지를 결정하는 것이 아무리 괴로워도 그것이 명료하게 정해지지 않으면 글이란 것은 쓸 수 없다. 적어도 그것을 명료하게 정하고자 하는 의지가 없다면 글은 출발할 수 없다. 이리하여 미키 기요시의 '……이 아니라, 오히려……'는 일본어 세계에서 애매해지기 쉬운 긍정과 부정 관념을 우리 사이로 끌어넣어 주었다. 확실한 긍정과 부정이라는 것이 앞서 언급한 주어의 문제와 무관하다고 생각할 사람은 없을 것이다. 긍정도 부정도 주어가 없다면 성립되지 않는다. 주어가 명료하다는 것과, 긍정과 부정이 명료하다는 것은 불가분의 관계에 있다. 주어가 확실한, 혹은 긍정과 부정이 확실한 문장을 쓴다는 것은 쓰는 본인이 책임을 진다는 것이다. 또한 대부분의 경우 그러한 글은 난처한 경우가 생길 수 있다. 글을 쓸 때는 다소 곤란한 경우가 생길 수 있다는 것을 각오하고 작업에 임할 필요가 있을 것이다.

신문 스타일을 흉내 내면 안 된다

현재는 더 이상 미문의 틀에 따른 글을 만나지 못한다. 그러나 미키 기요시 같은 매력적인 사상가도 없기 때문인지 사상가의 문체를 모방하는 경우도 그다지 발견하지 못한다. 그 대신 학생들이 제출하는 리포트를 읽고 느끼는 것은 신문에 나온 문장을 모방하는 경우가 상당히 눈에 띄게 되었다는 점이다. 앞으로도 이런 모방은 더더욱 많아질 것으로 생각된다. 이것도 독자의 모방이 아니라 신문 쪽이 독자에게 영향을 준 것으로 보아야 할 것이다. 우리들은 매스컴을 공기처럼 마시고 있기 때문에 글을 쓰는 단계에 이르면 평소 가까이 해왔던 신문의 문체가 우리에게 다가와 우리들을 구해준다. 앞서 언급한 바와 같이 생각한 대로 쓰라거나 본 대로 적으라고 해도 정말로 자신이 쓰기 위해서는 뭔가 실마리가 필요하다. 경우에 따라 신문 기사에 나온 문장이 그러한 실마리 역할을 해주는데, 이는 현대이기 때문에 가능한 다행스러운 점일 것이다. 예외는 차치하고 오늘날처럼 초등학교, 중학교, 고등학교를 통해 거의 철자법이나 작문 훈련을 받지 않고 대학에 입학하여 갑자기 리포트를 제출하라는 요구를 받을 경우, 신문에서 그 힌트를 얻고자 하는 것은 자연스럽고 편리한 방법이다. 그러나 힌트를 얻고자 할 때는 어쩔 수 없다 해도 진정으로 문장에 대한 공부를 하기 위해서라면 계속 신문 스타일을 흉내 내서는 안 된다. 나의 소년 시절, 미문의 틀에서 벗어나는 것이 공부의 첫걸음이었던 것처럼 현재는 신문 스타일에서 벗어나는 것이 공부의 첫걸음이라할 수 있다. 신문의 문장은 현대의 미문이다. 조금 전 나는 이렇게 쓴 적이 있다. '글을 쓸 때는 다소 곤란한 경우가 생길 수 있다는 것을 각오하고 작업에 임할 필요가 있을 것이다.' 주어가 확실하고 긍정인지 부정인지 확실하면 어쨌든 난처한 경우가 생기기 쉽다. 그러나 일반적으로 신문의 글들은 난처한 경우를 피한 글이다. 신문의 글이라고는 해도 일본의 일반적인 대기업 신문의 기사들을 말하는데 이것은 어떤 특수한 사정을 바탕으로 성립된 문장이다. 간단히 흉내 내도 될 만한 것이라고 결코 말할 수 없다.

우리들에게 익숙한 일본 신문의 원형이 완성된 것은 지금으로부터 70여 년 전(1959년 기준-편집자 주)의 일이다. 그렇다면 이 원형은 어떠한 점에 그 특징이 있을까. 대략적으로 파악하면 그 특징은 두 가지다. 뉴스 본위와 상업주의가 바로 그것이다.

뉴스 본위라는 것은 사건 보도를 신문의 주요한 임무로 삼은 것으로 정치적 주장을 생명으로 하지 않는다는 것이다. 이 원형이 생겨나기 전까지 일본의 주요한 신문들은 특정한 정치적 의견을 주장하는 것을 의무로 여겨왔다. 구가 가쓰난陸羯南(1857년~1907년, 저널리스트이자 평론가. '일본신문'의 사장-편집자 주)의 이른바 '정권 투쟁 기관'이었다. 그러던 것이 뉴스 본위로 변화했다. 즉 의견(이라고 한다면 많든 적든 주관적이 되지 않을 수 없다)에 대한 주장을 멈추고 객관적인 방식으로 뉴스를 독자들에게 전달한다는 방향으로 나아가게 되었다. 만약 입장이 있다고 한다면 중립이라는 입장이다. 이것은 이것대로 납득할 수 있는 태도다.

그러나 뉴스 본위라는 특징은 아무래도 상업주의라는 특징과 이어지지 않을 수 없다. 특정한 정치적 의견을 주장할 경우 당연히 그런 의견을 가진 정당 등 정치적 그룹과 각별한 관계가 생겨 그에 의해 경제적 지원을 받을 수 있게 되지만 뉴스 본위의 중립주의일 경우 이러한 경제적 지원이 성립되지 않는다. 상품으로서 더 많은 독자들에게 팔려고 하지 않을 수 없다. 구가 가쓰난이 말하는 이른바 '사리私利를 겨냥한 상품'이 되어야 한다. 그러한 의미에서 신문은 비누나 립스틱과 아무런 차이도 없다. 상품인 이상 한 사람이라도 많은 손님, 즉 독자를 획득해야 하며 손님의 마음에 들어야 한다. 하지만 일단 상품이라는 것이 되면 (이쯤에서 이야기는 스스로 순환 코스로 들어간다) 될 수 있는 한 많은 손님의 마음에 들기 위해서 특정한 정치적 의견을 가지는 것이 불가능해진다. 특정한 정치적 의견을 고수하면 같은 의견을 가진 독자에게는 환영받겠지만 그렇다고 두부씩 구독해주지는 않을 것이다. 그러나 이 의견에 반대인 독자들은 구독을 중단할 것이다. 결국 독자들은 감소해버린다. 따라서 어지간한 조건이 갖추어지지 않는 한, 즉 어떤 의견을 강하게 주장해도 독자가 줄지 않는다는 안심이 없는 한, 요컨대 그 의견이 이미 사회의 대세가 되어버리지 않는 한 '사설'은 명확한 긍정이나 부정을 피하기 마련이다. 그리고 서로 대립하는 의견 사이에서 중심을 잘 잡으면서 각각의 의견을 주장하며 싸우는 두 당파 모두에게 '싸움을 하면 양쪽 다 처벌'한다고 하면서 '이것은 매우 중요한 문제이다'라든가 '신중히 고려할 필요가 있다'라든가 이해되기 쉬운, 그러나 문제가 되지 않을 사항만을 말하게 된다.

사건 보도, 특히 해설(대부분의 '사설'은 실은 해설에 불과하다)에서도 문제가 될 만한 것을 피하려는 태도가 역력하다. 한발 더 나가면 참 좋겠다고 생각되는 부분에서 더 이상 앞으로 나아가지 않는다. 이에 대해서는 우선 두 가지 논점이 있다.

1. 어떠한 문제라도 마찬가지겠지만 내부로 들어가 원인을 살펴보면 반드시 문제는 심각해지기 마련이다. 가난한 일가가 동반자살을 했다는, 우리들에게 이미 익숙한 사건 하나만 해도 깊이 들어가서 생각하고 글을 쓴다면 당연히 현대 사회제도의 근본과 충돌해버린다. 자본주의 비판이 되는 것이다. 그런 점까지 고려하

고 쓴다면 어쩔 수 없이 그 근본적 해결에 관해 정치적 의견을 서술해야만 한다. 적극적으로 서술하지 않아도 정치적 비판 혹은 정치적 의견은 독자들의 마음속에 생겨난다. 암시되어진다. 상품으로서는 그런 상황을 피해야 한다. 피해야 할 이유는 앞서 살펴본 대로다. 게다가 이야기가 심각해지면 자연히 비참하고 음울한 이야기를 쓸 수밖에 없다. 그것을 들이민 시점에서 커다란 정치적 해결책이 있다면 모르겠지만 해결 정책을 논하는 것을 피한다면 비참하고 음울한 이야기는 해결될 가망도 없이 독자들 앞에 그대로 노출된다. 비참하고 음울한 것을 손님에게 보이지 않는다는 방식은 모든 장사에 통용된다. 그래서 그 사회적 중요성이 아무리 작아도 어떻게든 이른바 '밝은 화제'를 찾아내는 것이 신문에게는 필요하다. 여기서 신문이 애용하는 몇 가지 표현이 있다. 예를 들어 '미소 짓게 만드는', '마음이 푸근해지는', '훈훈한'…….

2. 이러한 조합의 용어에 대응하여 또 한 조합의 용어가 만들어져 있다. '기골', '심지', '근성'…… 다 비슷한 의미라고밖에는 볼 수 없지만 이러한 것들은 신문이 정치가를 논할 때 거의 예외 없이 사용되고 있다. 일반적으로 '미소 짓게 만드는'……이라는 것이 이름 없는 사람들의 자그마한 선의나 그것에 바탕을 둔 인간관계에 적용되고 있는 데 반해 '기골'……이라는 것은 유명한 정치가에 대한 평가에 애용되고 있다. '기골'이나 '심지'가 아주 드문 것이라면 몰라도 신문을 읽고 있으면 문제가 되는 정치가 모두가 이것을 가지고 있는 듯해서 평가 용어로 그다지 효율적이라 생각되지 않는다. 그러나 이런 경우에도 정치가에 대한 단 하나 유의미한 평가, 즉 정치적 평가에 접근하는 것을 피하고 어떤 정치가에게도

문제가 되지 않을 두리뭉실한 도덕적 평가로 피해가고 있는 것으로 보아야 할 것이다.

이러한 표현은 오늘날의 유행어다. 모든 유행이 그런 것처럼 이야기를 하고 있을 때 긴장이 풀리면 우리들은 자기도 모르게 유행어를 사용해버린다. 유행어에는 저항하기 어려운 힘이 있다. 그러나 글을 쓸 때는 되도록 유행어를 사용하지 않는 편이 낫다. 대부분의 유행어에는 특수한 사정 아래 위치한 신문이라는 존재의 사상이 스며들어 있기 때문이다. 사용할 경우에는 그것을 숙지한 후에 사용해야 한다. '미소 짓게 만드는', '근성' 같은 유행어뿐 아니라 일반적으로 세간에서 환영받는 단어(그러한 것들은 센스 있고 멋있고 스마트하게 보인다)는 경계해야 한다. 그렇다고 세간에서 통용되기 어려운 고어나 신조어가 좋다는 의미는 아니다. 반대로 좀 더 평범하고 요소적인 단어를 날카롭게 사용하자는 의미다. 하나하나의 단어를 반짝거리게 만들거나 그런 단어들로 깜짝 놀라게 하면 안 된다.

신문 기사는 현대의 미문이다. 그러한 용어나 표현에는 신문 특유의 사상이 침투해 있다. 신문에 나온 글에서 하나의 힌트를 구하는 것은 자연스럽겠으나 정말로 문장 공부를 해볼 요량이라면 과거 사람들이 미문의 벽을 깨뜨린 것처럼 현대 미문의 벽과 부딪쳐 이를 극복하지 않으면 안 된다. 그리고 그를 위해서는 스티븐슨의 수련 방법으로 되돌아갈 필요가 있다. 옛날 사람이어도 좋고 요즘 사람이어도 상관없다. 어떤 사상가를 직접 골라 그 스타일 모방에서 출발해야 한다. 앞서 단문 연습에 대해 썼을 때 나는 누군가의 저작 소개라는 방법을 권장하였다. 이것을 진지하게 해나간다면 마침내 모방할 가치 있는 저술가와 만나게 될 것이다.

Ⅲ
'…만'을 경계하자

『사회와 개인』의 문체

앞서 미키 기요시 문장에서 템포가 좋지 않았다는 것에 대해 썼다. 그 때문에 미키 기요시는 나에게 A선생님일 수 없었다. 그러나 템포를 존중했을 나도 실은 핵심 없이 장황한 문장을 썼던 시기가 있었다. 그것은 앞서 언급한 바 있는 『사회와 개인』 상권이다. 어떤 식으로 장황한 문장들을 쓰고 있었을까. 이 책의 어떤 부분에서 채터튼 힐이라는 학자의 견해를 요약하면서 나는 다음과 같이 쓰고 있다. '……이리하여 현대에 있어서의 사회와 개인 간의 대립 또는 투쟁은 후자가 우월하다는 것이 특징적이지만, 이것은 실로 인류 문화 위기의 표현이지 않으면 안 된다. 이렇게 해서 사회와 개인 간의 대립, 모순, 투쟁은 일찍이 원시 사회에서 발견된 것이지만 또한 현대 사회에서도 발견되어지는 것으로 원시 시대와 현대 사이에 개재된 여러 시대에서도 마찬가지로 인정되는 바이다. ……인간 사회는 원시 시대에서도 고대 또는 중세, 근세 혹은 현대에서도 개인과의 대립관계 안에 자신을 세우지 않으면 안 되지만 이것은 과거 및 현대에 대해서만 말할 수 있는 것이 아니라 인류의 먼 장래에 걸쳐서도 같은 권리를 가지고 말해야 할 것이다. ……사회와 개인 간의 대립에 대한 상세한 규정 및 대립관계에 있어서의 역사적 변천에 대해서는 많은 사회학자가 채터튼 힐의 의견을 채용하고 있는 것은 아니지만 양자 사이에 걸쳐 있다고 평가받는 대립이 역사적으로 일관된 것이며 인간 사회가 존속하는 한 그 존립이 보증되는 것이라는 견해에 대해서는 채터튼 힐은 하나의 모범을 제시하고 있다.'

이렇게 핵심 없이 장황한 문장이 되어버린 이유는, 첫째, 대학을 갓 졸업한 내가 난생 처음으로 육백 수십 매에 이르는 장편을 쓰기 위해 무척 긴장해버렸기 때문일 것이다. 둘째, 이 책 전체적인 내용이 당시로서는 조금 위험한 것으로 생각되었기 때문에 난해해질 것을 두려워하지 않고 무척 아카데믹하게 쓰겠다고 작정하고 있었기 때문일 것이다. 어쨌든 무척 장황한 문체가 되어버렸다. 그러나 당시에는 일반적으로 학술논문 스타일이 무척 딱딱했기 때문에 그다지 탓하는 사람도 없이 무사히 지나갈 수 있었다. 그러나 최근 이 책의 개정판이 니혼효론신샤日本評論新社에서 출판되게 되어 25년 전의 악문에 좀 손을 대보려고 시도했는데 그다지 힘들지 않을 것이라 예상하고 시작한 작업이 순식간에 한계에 부딪혀 버렸다. 내가 막힌 원인은 언뜻 보면 무척 사소한 사항이면서 실은 매우 근본적인 사항이기 때문에 이 점에 대해 쓰도록 하겠다.

'…만'은 작은 악마이다

이미 독자들께서 알아차리고 있듯, 『사회와 개인』에서는 상당히 긴 구가 '만'이라는 접속조사로 연결되어 있다. '……것이 특징적이지만, 이것은 실로……', '……원시 사회에서 발견된 것이지만 또한 현대 사회에서도……', '……개인과의 대립관계 안에 자신을 세우지 않으면 안 되지만 이것은 과거 및 현대에……', '……채터튼 힐의 의견을 채용하고 있는 것은 아니지만 양자 사이에 걸쳐 있다고 평가받는…….' 신경이 쓰이기 시작하자 이 '만'이 모두 눈에 거슬린다. '만'을 다용하고 있기 때문에 쓰고 있는 당사자인 나는 힘을 잔뜩 주고 있는 상태인데도 글은 기복이 거의 없고 평탄하다. 개정판을 낸다면 '만'을 좀 줄이자. 그렇게 생각하고 이를 실행에 옮겼다. 그런데 순식간에 막혀 버렸던 것이다. 도대체 '만'을 빼고 그 대신 어떤 단어를 사용하면 좋단 말인가. 국어사전이나 문법서를 조사해보니 '만'은 '그러나', '하지만'이라는 의미라고 설명되어 있는데 이 정도라면 누구나 알고 있다. 하지만 '만'은 정말로 '그러나'나 '하지만'으로 바꿔 쓸 수 있을까. 즉 '……만, ……'의 '만'을 빼고 거기에 마침표를 찍고 다음 구를 '그러나'나 '하지만'으로 시작할 수 있을까. 물론 그것이 가능한 곳도 있다. 그러나 불가능한 곳도 무수히 많다. 그 말은 즉 '만'이라는 짧은 단어에는 '그러나'나 '하지만' 외에도 많은, 거의 무수한 의미가 있다는 말이 된다.

그렇다면 '만'은 일반적으로 어떠한 의미로 사용되고 있는가. 용도 전체를 망라하는 것은 엄두가 나지 않지만 약간 중요한 용도를 열거해보면 우선 '그러나', '하지만'의 의미가 있다. 앞의 구와 다소라도 반대의 구가 뒤에 접속되는 경우다. 반대의 관계가 매우 강할 때에는 '그럼에도 불구하고'의 의미로 사용된다. 두 번째로 앞의 구로부터 도출되는 구가 뒤에 접속될 경우에 '그런 까닭에'나 '그런 후에'의 의미로 사용된다. 세 번째로 반대도 아니고 인과관계도 아니며 '그리고' 정도로 그저 두 개의 구를 접속할 뿐인 무색투명한 사용법이다. 이 외에도 많은 용법이 있지만 당장 이 세 가지만 봐도 '만'의 용도가 무척 넓다는 것, 따라서 이것이 무척 편리한 단어라는 것을 알 수 있다. 왜냐하면 첫 번째 용법으로는 앞뒤의 반대

관계가 '만'을 통해 드러나고 두 번째 용법으로는 앞뒤의 인과관계가 드러나며 세 번째 용법으로는 앞뒤의 단순한 병렬 내지는 무관계가 드러나기 때문이다. 따라서 '만'은 일체의 관계 혹은 무관계를 나타낼 수 있으며 '만'으로 이어질 수 없는 두 개의 구를 찾아내는 쪽이 더 어려울 것이다. 두 개의 구의 관계가 플러스이든 마이너스이든 제로이든 '만'은 통용될 수 있다. '그는 무척 공부했지만 낙제했다彼は大いに勉強したが, 落第した'고도 쓸 수 있고 '그는 무척 공부했지만(공부했고) 합격했다彼は大いに勉強したが, 合格した'고도 쓸 수 있다(일본어 접속조사 'が(가)'의 용법에 대한 설명으로, 'が(가)'를 한국어로 옮길 시 '~만(역접)' 및 '~고(순접)'로 번역된다. 두 문장의 원문에서 쉼표 앞의 が(가)가 접속조사로, 앞의 문장은 역접, 뒤의 문장은 순접을 나타내고 있다. 뒤의 문장의 '(공부했고)'는 원문에서 쓰인 が(가)의 순접 용법을 한국어로 번역했을 시의 표현이다—편집자 주). '만'이라는 접속조사는 편리하다. 한 개의 '만'을 가지고 있으면 어떤 문장이라도 편히 쓸 수 있다. 그러나 나는 문장 공부는 이처럼 소중한 '만'을 경계하는 것에서 시작된다고 믿고 있다.

'그는 무척 공부했지만 낙제했다'의 경우 무척 공부했다는 사실과 낙제했다는 사실이 동시에 지적되고 있다. '그는 무척 공부했지만(공부했고) 합격했다'일 경우는 무척 공부했다는 사실과 합격했다는 사실이 동시에 지적되고 있다. 맨 처음 실감으로는 각각 두 가지 사실이 한 번에 눈앞이나 심중에 나타났을 것이다. 그것이 솔직한 기분이었을 것이다. 그리고 이 두 가지 사실은 '만'으로 연결되고 그대로 표현된 것이다. 즉 '만'은 이러한 규정 없는 직접성을 그대로 표현하는 데 적합하다. '만'으로 연결된 앞뒤의 두 가지 구들도 그 나름대로 말이 된다. 그러나 '만'이라고 표현하지 말고 다음과 같이 표현해본다면 어떨까. '그는 무척 공부했음에도 낙제했다.' '그는 무척 공부했기에 합격했다.' 이렇게 바꾸어 써보면 '만'으로 연결되었을 때와 달리 두 개의 구의 관계가 명확하게 표현된다. '음에도'(좀 더 강하게 말하자면 '음에도 불구하고')를 사용하면 무척 공부했다는 사실과 낙제했다는 사실이 그저 나열된 것이 아니라 확실한 반대관계가 성립된다. 그렇게 되면 이번에는 무척 공부했다는 사실이 조금 의심스러워지기 시작한다. 그 정도 공부로는 불충분했던 것이 아닐까 하는 의구심도 생길 것이다. 또한 무척 공부했다는 사실과 합격했다는 사실 사이를 '기에'(좀 더 강하게 말하자면 '까닭에')로 연결하면 하나의 인과관계가 설정되며 시험 운의 여부를 떠나 열심히 공부만 한다면 합격하는 법이라는 사고로 이어질 것이다. 이러한 사고가 정해지고 태도가 정해지게 된다. '만'은 규정 없는 직접성을 그대로 표현하는 데 적합한 단어다. 규정 없는 직접성이란 일종의 추상적 원시 상태다. 그것은 이윽고 '음에도'나 '음에도 불구하고', '기에'나 '까닭에'를 비롯한 많은 구체적 관계가 성장하고 분화해가는 모태다. 그러나 성장이나 분화는 자연스럽게 행해지는 것은 아니다. 인간의 정신이 강하게 현실로 파고들어가 그 힘으로 현실을 성장시키고 분화시키는 것이다. 인간의 정신이 수동적인 자세로 있을 동안은 외부 사태든 자신의 기분이든 그저 막연하게 '만'으로 연결된 여러 부분으로 성립된다. 이러한 모든 부분 사이에 '음에도'나 '음에도 불구하고', '기에'나 '까닭에'를 끼워 넣기 위해서는 정신이 능동적인 자세가 되어야 한다. 정신이 많은 에너지를 방출하고 강하게 긴장하지 않으면 안 된다. 진정으로 글을 쓴다는 것은 규정 없는 직접성을 극복할 것, 어슴푸레한

원시상태를 빠져나오는 것이다. 규정 없는 직접성이라는 미온탕을 뛰쳐나오는 것은 결코 쉬운 일이 아니다. 애당초 그것은 단순히 단어의 문제가 아니다. '만'은 단어 문제로 끝날지도 모르지만 '만' 대신 '에도'나 '기에'를 사용하게 되면 두 가지 사실을 그저 함께 파악해서는 안 된다. 두 가지 사실 사이의 관계를 충분히 연구하고 인식해야 한다. 연구나 인식이 있어야 비로소 우리들은 '만'으로부터 '에도'나 '이기 때문에'로 나아갈 수 있다. 글이란 인식이다. 행위다. 내가 과거에 썼던 『사회와 개인』 개정에 착수하여 이 '만'을 줄이는 작업에서 막혀 버렸던 것은 두 가지 구 혹은 두 가지 사실 간의 관계가 충분히 규정되지 않은 채 막연하게 '만'으로 이어졌던 경우가 많았던 결과다. 단어의 문제이면서 동시에 단어를 뛰어넘은 문제가 있었다. '만'에만 의지하면 글을 쓸 수 없다.

 '만'에만 의지하면 글을 쓸 수 없다. 나도 모르게 그렇게 말해버렸지만 나의 이런 표현은 잘못되었다. '글을 쓸 수 없다'고 해서는 안 된다. '올바른 글을 쓸 수 없다'라든가 '훌륭한 글은 쓸 수 없다'라고 말했어야 했다. 왜냐하면 앞에서 본 것처럼 '만'은 극히 편리한 접속조사라서 이것을 빈번히 사용하면 누구든지 그다지 고생하지 않고 글을 쓸 수 있기 때문이다. 눈앞의 모습도 자신의 기분도 이것을 분석하거나 또는 분석된 여러 요소 간에 구체적인 관계를 설정하지 않고 그저 눈에 들어온 것, 마음에 떠오른 것을 편리한 '만'으로 연결해가면 그 나름대로 매끄러운 표현이 태어나기 마련이다. 규정 없는 직접성의 본질인 어긋남도 애매함도 표면에 드러내지 않은 채 언뜻 보기에 너무나도 논리적인 듯한 글을 쓸 수 있다. 어설프게 한 걸음 나아가 분석을 하거나 '음에도'나 '기에'라는 관계를 발견 내지 설정하려 들면 고통이 증가할 뿐 횡설수설하게 되는 경우가 많다. 깊이 들어가지 않을 경우 글을 편히 쓸 수 있다. 그만큼 '만'의 유혹은 항상 우리들 주위를 맴돈다.

신문은 '만'이 많다.

이전과 비교하면 최근 상당히 줄어들긴 했으나 그럼에도 불구하고 신문 기사에는 '만'이 눈에 띄게 많다. 이 원고를 쓰고 있는 책상 옆에 어제 신문이 있다. 1958년 12월 30일자 『마이니치신문毎日新聞』이다. 일면은 자민당의 내분, 즉 기시岸, 오노大野, 고노河野, 가와시마川島 등의 주류파와 하야시林, 마스타니益谷, 이케다池田 등 반주류파와의 사이에 일어난 옥신각신으로 가득 차 있다. 아무래도 주류파가 굽히고 나온 듯하다. 이 일면을 읽어보면 '……이에 대해 오노 씨는 인사 쇄신에 대해 가능한 한 조속히 행할 것이지만 그 시기는 1월 10일경이 될 예상이라고 말했고, 이에 대해서는……', '기시 수상은 반주류파 세 각료가 사표를 제출했을 때는 〈파면〉까지 고려했다고 하는데 이래서는 기시 정권의 유지조차 어려워지리라는 심경에 이르러 점차 반주류파 주장에도 귀를 기울이는 형세지만 31일 한해 마지막 날을 맞이하여……', '기시 수상은 29일 오전, 연말 정기 기자회견을 하기로 되어 있었지만 〈현 단계에서는……〉이라고 거절해버렸다. 화가 난 기자단은 즉시 항의서를 내밀었지만, 한편 이 날 평소에는 얌전한 참의원까지…… 수상도 알선을 위해 움직이기 시작한 마쓰노松野 참의원 의장의 체면을 세워주기 위해서인지 〈……〉라고 선뜻 중대한 양보

를 했지만, 바야흐로 주위 정세는…….'

마음먹고 아카데믹하게 쓸 작정이었던 『사회와 개인』이 '만'의 천하가 되었는데 저널리즘의 대표자인 신문 역시 '만'의 천하였다. 이전에는 좀 더 '만'이 많았던 것 같다. 신문 문장에 '만'이 많은 데에는 몇 가지 이유를 생각할 수 있다.

1. '만'이 짧은 단어라는 점이 중요할 것이다. '만'은 한 글자이기 때문에 이보다 짧은 단어는 없다. '에도', '이기에', '그러나', '그런 까닭에' 등을 사용하면 순식간에 글자 수가 두 배 내지는 다섯 배가 된다. 신문은 공간이 한정되어 있고 그 한정된 공간에 최대한 많은 기사를 담아내려고 하기 때문에 '그러나'나 '그런 까닭에'보다 '만'이 당연히 유리하다.

2. 이것을 쓰는 신문기자는 무척 바쁘기 때문에 신문기자 입장에서 보면 다른 단어보다 '만' 쪽이 간단히 쓸 수 있다는 점이 중요할 것이다. 간단히, 라고 내가 말하는 데에는 이중적인 의미가 있다. 즉 한편으로는 '만' 쪽이 물리적으로 간단히 쓸 수 있다는 것이고 또 한편으로는 심리적으로 간단히 쓸 수 있다는 말이다. 즉 많은 사실 혹은 구의 관계를 '그러나'로 규정할지 '그런 까닭에'로 규정할지 고민하는 것은 커다란 심적 부담이다. 무엇으로든 이어주는 '만'이라는 만능선수가 있기 때문에 이것을 반드시 기용한다는 이야기가 될 것이다.

3. 이것은 뉴스 본위의 객관주의와도 관계가 있는 듯하다. '에도'나 '이기 때문에'라는 것은 앞서 살펴본 것처럼 사실 그 자체에서 오는 것이 아니다. 적극적인 자세로 바뀐 정신이 스스로 만들어내고 이것을 현실 내부로 끼워 넣은 것이며 그렇기 때문에 실

제로 어떤 구조가 부여된 것이다. 이에 반해 '만'이 있으면 인간의 정신이 만들어내지 않아도 현실 자체에 준비되어져 있다고 말할 수 있다. 이것은 쓴 인간의 그림자를 담지 않는다. 무색이라고도 말할 수 있다. 깊이 파고들어 가는 것을 피하는 뉴스 본위의 신문 으로서는 이러한 의미에서도 '만'을 선호할 것이다.

4. 손님인 독자를 위해 읽기 쉽게 한다는 서비스 정신도 발휘되 고 있다고 생각한다. '그러나', '에도', '이기에'까지는 좋다고 해도 '그런 까닭에'나 '그럼에도 불구하고'에 이르면 독자들의 마음속으 로 원활히 파고들어 가지 않는다. 소리 내며 충돌해버린다. 이러 한 단어들은 그저 길 뿐만 아니라 단어 하나하나가 독자들에게 어 떤 마음가짐을 요구한다. 이런 종류의 단어를 만날 때마다 독자 들은 그에 대응할 심리적 태도를 취해야 한다. 이와 반대로 '만'의 경우, 독자들은 특별한 심리적 태도를 요구받지 않는다. 그 기분 그대로 계속해서 읽어나갈 수 있다. '만'의 사용은 독자들에게 부 담을 주지 않기 위한 배려라고도 할 수 있다.

여러 가지 이유로 신문에서는 '만'을 다용할 것이다. 그러나 '만' 과 관련하여 다음과 같은 사항이 있다. 신문 기사를 읽은 후 우리 들이 그 내용을 떠올리려고 하면 어지간히 자극적인 사건이나 상 당히 숙지하고 있는 사항이 아닌 한, 이것은 역시 실로 힘겨운 일 이다. 뭐 하나 마음속에 각인되어 있지 않다. 읽은 후의 이야기 만이 아니라 실제로 읽고 있을 때도 술술 읽히기는 하지만 다시 금 쓰여 있는 사실을 명확히 이해하려면 노력이 필요하다. 상당 히 긴장하여 달려들지 않는 한 한 구 한 구가 도망가 버린다. 이 것은 대부분의 사람들이 경험한 일일 것이다. 이러한 각도에서 보면 신문 기사가 아닌 글, 즉 '만'이 좀 더 적고, 그 대신 '이기에'나 '그런 까닭에', '에도'나 '그럼에도 불구하고'라는 울퉁불퉁한 단어를 사용한 글 쪽이 후에 기억에 남기도 하고 읽었을 때도 한 구 한 구 도망가지 않는다. 미끄러지지 않는다. '만'으로 이어진 글은 자연스럽게 독자들의 마음속에 들어오는 동시에 미끄러지듯 나가 버리는 듯하다. 그러나 이것은 당연한 결말로 '만'만을 사용하여 쓰면 사건도 문제도 입체적인 구조를 가질 수 없다. 만사가 애매한 흐름에 녹아들어 버리기 때문이다. 물론 '만'을 만날 때마다 이 '만'이 '그러나'다, 이 '만'은 '그런 까닭에'다, 이 '만'은 '그럼에도 불구하고'다……라는 식으로 그때마다 독자가 '만'의 의미를 규정하고자 하면 사정은 조금 달라질 것이다. 그러나 그러기 위해서는 우선 쓰는 당사자인 신문기자가 같은 방법으로 하나하나의 '만'에 구체적인 의미를 부여해야 한다. 그렇지 않으면 독자가 후에 아무리 노력해보아도 입체적인 구조가 태어날 리 만무하다. 하지만 서로 그러한 투박한 노력을 하지 않아도 된다는 것이 '만'의 편리한 구석이다.

말하듯이 쓰지 말라

신문이 '만'을 다용하는 것은 독자들에 대한 서비스일 것이라고 말했을 때, 나는 다음과 같은 것들을 생각하고 있었다. 일상적으로 독자인 우리들은 오로지 '만'을 사용하여 스스럼없이 대화하고 있다는 사실이다. 일상 회화에서는 '그런 까닭에'나 '그럼에도 불구하고'는 거의 나타나지 않는다. '에도'나 '이기에'는 일상적인 회화에서도 사용되는데 실제로는 '만'에 가까운 애매한 의미인 경우가 적지 않다. 뭐니 뭐니 해도 자주 사용되는 것은 '만'이다. '만'에 의해 구와 구가 자유롭고 동시에 무한히 연결되어간다. '……저도 조금 말하고 싶은 것이 있습니다만, 당신의 의견을 모르겠다는 것은 아닙니다만, 평화라는 것은 전쟁이 없는 상태라고 말해도 좋을 것입니다만, 그 평화의 근본적인 본질이라는 문제 말입니다만, 그런 것을 완전히 알고 있다고 주장하는 사람도 있기야 있겠습니다만, 아무래도 저는 그렇게 생각하지 않습니다만……', 이렇게 쓰면 정말 보기가 그렇지만 우리들의 실제 회화란 이런 식이다. 신문이 '만'을 즐겨 사용하는 것은 우리들을 안이한 일상 회화 속에 두려 하기 위함일 것이다. '말하듯이 써라'라는 방법을 신문은 실행하고 있다고도 할 수 있다. '말하듯이 써라'라는 것이 과거의 미문에 대한 비판과 병용되는 말이었다면 현대의 미문은 말하듯이 쓰인 글들이다. 그러나 우리들이 '만'에 대한 경고를 잊지 않는다면, 신문의 문장이 특수한 조건 아래 다량의 '만'을 사용하고 있다는 사실을 잊지 않는다면, '말하듯이 써라'라는 교훈도 신중히 받아들여야만 한다.

이쯤에서 회화체와 문어체를 정확히 구별해두는 편이 좋을 듯하다. 즉 대화와 문장과의 구별이다. 이 구별을 극히 간단히 표현하자면 회화체에는 엄청난 아군이 있는 데 반해 문어체는 고군분투하고 있다는 말이 된다. 먼저 회화체의 특징을 적어두고자 한다.

1. 연설가가 아닌 이상, 또한 미치광이가 아닌 이상, 인간이 회화체를 사용할 때는 누군가 상대가 있다. 심지어 똑같이 회화체를 사용해주는 상대방이 있다. 따라서 회화체의 상호적 사용, 요

컨대 대화라는 것이 성립한다. 이처럼 눈앞에 상대방이 있다는 것은 회화체에 있어서는 근본적인 규정이 된다. 그러나 상대가 있다는 것은 통상적으로 우선 상대방에 대해 알고 있다는 것을 포함하고 있다. 상대방의 태생, 성격, 사고방식 등을 알고 있는 것을 포함하고 있다. 그것은 다음으로 자신과 상대방 사이에 일정한 관계가 있다는 것을 포함하고 있다. 상대방은 교사, 이웃, 상사, 친구……이다. 선생님, 당신, 자네……이다. 대부분의 경우 대화에 있어서의 쌍방의 역할은 처음부터 정해져 있다. 자신과 상대방과의 사이에서 회화체를 상호 사용하는 것은 이러한 관계의 내부 사항이며 그것 그 자체로 이러한 관계를 유지해가는 것이다. 세 번째로 이쪽이 이야기를 하면 상대방은 이에 반응을 보인다. 크게 수긍하거나 불쾌한 듯한 표정을 짓기도 한다. 상대방이 그러한 반응을 보여주면 이쪽은 계속해서 떠들어댈 필요가 없어졌다고 느끼거나 증거를 들어 말할 노력을 더 이상 하지 않아도 된다고 생각하기도 한다.

2. 회화체에서는 상대방이 있고 이 상대방과의 사이에 일정한 관계가 있을 뿐 아니라 이쪽과 상대방과는 통상적으로 큰 눈이 내리거나 지방선거가 행해지거나…… 하는 어떤 공통된 구체적 상황 안에 있다. 이 상황은 서로 이야기를 나눌 쌍방에 의해 공유되거나 전제되고 있다. 처음에는 공유되거나 전제되지 못해도 이야기가 진행됨에 따라 그렇게 되는 것이 보통이다. 그것이 대화라는 것의 생명이라고 할 수 있다. 대화의 발전이란 공통된 전제가 증가하고 성장하는 것이다. 가정에서의 대화는 멤버가 처음부터 밀도 높은 구체적 상황을 공통의 전제로 하기 위해 '그건 역시 이렇

게 하자'라는 식이다. 말로서는 넌센스하지만 대화가 훌륭히 이루어진다.

3. 말할 것도 없이 대화에서는 회화체 외에 표정이나 몸짓이 자유자재로 사용된다. 어떤 때는 표정이나 몸짓이 말에 대해서 그저 보조적 역할을 할 뿐이지만 어떤 때는 반대로 말이 표정이나 몸짓에 대한 보조적 역할을 하기도 한다. 그러나 일반적으로 말과 표정·몸짓은 그렇게 확실히 구별되지 않는 것, 서로 융합되어 있는 것이기도 하다. 예를 들어 이쪽이 이야기를 하면서 그것을 보완할 목적으로 어떤 몸짓을 하면 상대방은 수긍한다. 상대가 수긍해버리면 그 시점에서 이쪽의 말은 불필요해진다. 말로서는 완결되지 못한 상태라도 이미 그 역할을 다했기 때문에 사라져 버린다. 이쪽의 몸짓과 상대방의 수긍이 주역이 되어 대화는 원활히 진행된다.

국립국어연구소가 감수한 잡지 『언어생활言語生活』에는 매호 '녹음기錄音器'라는 코너가 있어서 회화의 실례를 문자화하고 있다. 1954년 9월호는 '안방에서의 한때'라는 제목으로 가정에서의 대화를 문자로 싣고 있다.

> 남편 뭔 바보 가튼 소릴. 여르믈 타서 사리 빠져? 난
> 아닌데.
>
> 아내 허지만 머글 거 챙겨 머그면 뭐 따키 사리 빠지
> 겠써요.
>
> 남편 엉?
>
> 아내 머글 거요, 머글 거. 후훗.
>
> 남편 으응.
>
> 아내 머글 수만 있으면 돼요. 헌데 저버네 뭐더라 신문

64

이 아니고 라디오인지 뭔지에서 말하길 아 신문이었나 뭐 여름 타서 사리 빠지는 게 있자나요. 그 생리적으로 여름 타서 살 빠지는 거라나 뭐라나. 빠지지 아느면 안 된다네요. 뭐 그러태요.

남편   어째서.

아내   빠질 수 있게 그 뭐 아라서 되어 있대요. 후훗.

남편   뭐야 그게. 무슨 바보 가튼.

아내   뭐라뇨. 그니까 정말 그렇차나요. 아 마자, 운동 있자나요…… 그 뭐더라 요컨대 체온 조절 있자나요. 보통사람들 그니까 겨울처럼 그냥 사리 찌면, 그니까 사리 찐 사람이란 게 딱 그거자나요. 후후.

남편   응…….

이런 식으로 문자화된 대화 내용을 읽고 있으면 이야기를 나누고 있는 남편과 부인이 너무나도 우스꽝스럽고 비참하게 보인다. 그리고 이것을 문자화하고 있는 사람이 잔인하게 보인다. 그것은 당연한 일이다. 대화가 그대로 문자화되는 순간 지금까지 회화체를 원조해주고 있던 조력자들 모두가 사라져 버리며 실은 협력자와 함께 융화되어 작동하고 있던 회화체만이 고립 상태에 빠지기 때문이다. 몸에 걸치고 있던 옷을 빼앗기고 회화체만이 벌거벗은 상태로 긴자銀座 대로를 활보할 수밖에 없게 된 상황이다.

요컨대 회화체에는 다수의 아군이 있다. 대화에서는 말이 혼자 힘으로 작동하고 있는 것이 아니라 사방에 협력자들이 있어서 말을 보완해준다. 그러한 협력자들을 무시하고 상대방을 향해 논문이라도 낭독하는 방식으로 행하려 한다면 미치광이로 생각될 것이다. 미치광이로 오인되지 않더라도 상식이 없는 사람으로 간주될 것임에 틀림없다. 이 예는 회화체에는 다수의 아군이 있다는 것을 가르쳐줄 뿐 아니라, 그 반대로 이 아군은 언어의 자유로운 활동을 방해하는 경우가 있다는 것도 가르쳐준다. 많은 아군이 있는 회화체는 시각을 바꿔 생각해보자면 배후에 좋지 않은 조건이 붙어 있는 말이라는 것이 된다.

사교라는 조건

대화는 사교의 원칙을 지키지 않으면 안 된다. 누구라도 경험해본 적이 있을 것이다. 이쪽이 뭐라고 말해도 반드시 '그렇습니다. 정말 그 말씀이 맞습니다'라고 대답하는 상대와 대화한들 재미가 없을 것이고 반대로 이쪽이 무슨 말을 헤도 반드시 '그렇지 않아, 나는 반대야'라고 대답하는 상대와 대화해도 재미가 없는 법이다. 결국 대화에는 놀이의 요소가 포함되어 있어서 서로 상대 주장의 일부분을 가볍게 부정하는데 실은 가벼운 부정이라는 우회로를 통해 상호 일치나 동의를 서로 확인한다는 점에 그 재미가 있는 것이다. 일치나 동의를 서로 확인하는 것이 중요하며 가벼운 부정을 하는 역할은 간을 맞추기 위해 넣는 소금과 비슷하다. 자신의 의견을 고수하며 일장 연설을 하는 것은 사교의 원칙에 반한다. 회화체는 한편으로는 많은 아군들에 의해 지탱되는 동시에 한편으로는 사교의 원칙에 의해 구속되고 있다. 이 원칙을 무시하고 말만이 먼저 나아가 버리는 것은 허락되지 않는다.

이야기가 옆길로 빠져버리지만 우리들이 자주 읽곤 하는 여러 잡지들에 실려 있는 좌담회 기사라는 것은 사교의 원칙 아래서 어떤 문제의 해명을 행한다는 일본의 독특한 형식이다. 그것은 사교의 원칙과 문제의 해명이라는 서로 융화하기 어려운 요소의 위험한 조합 위에서 성립되고 있다. 기사로서는 문자화되고 있지만 원래는 회화체이기 때문에 독자들이 친근감을 느끼기 쉽다는 플러스 요인도 있는 반면 사교의 원칙이 작용함으로써 가장 중요한 논점이 항상 애매해진다는 마이너스 요소가 계속 맴돌게 된다.

도스토예프스키 소설 등에는 상대방을 향해 일장 연설을 하는 인물이 등장하지만 대화가 사교의 원칙에 구속당한다는 것은 정도의 차가 있다고는 해도 세계 어디에나 통용되는 듯하다. 오히려 문제는 일본의 특수성이다. 과거의 일은 차치하고서라도 일본에서는 여전히 만인에게 공통되는 일정량의 인권이라는 관념이 현저하게 미약하거나 불안정하기 때문에 앞서 언급했던, 거기서 대화가 주고받아지는 인간관계라는 것이 인간 존재를 전체적으로 규정해버리는 경우가 많다. 예를 들어 상대방이 선생님이거나 상사이거나 하면 통상적인 사교의 원칙(이 원칙은 만인 공통의 일정량의 인권이라는 것을 전제로 성립될 것이다)을 뛰어넘어 회화체의 사용이 부자유스러워지는 경우가 많다. 일반적인 사교의 원칙 아래에서 말할 수 있는 것을 10이라고 한다면 일본적인 사교에 있어서는 5나 6정도밖에는 말할 수 없게 된다. 말에 붙어 있는 조건이 많아져서 말이 짧아지는 것이다. 이러한 사정이 근본에 있기 때문에 일본인들의 회화체의 특수성이 부각된다. 요컨대 대화에서는 무슨 일이든 그다지 분명히 잘라 말할 수 없다는 사실이다. 대부분 눈치채고 있을 것이다. 일상적인 대화에서는 예를 들어 '라고 생각합니다만……'이라든가 '……라고 할 수 있다고도 생각됩니다만……' 하고 말하며, '……라고 생각합니다'라든가 '……라고도 할 수 있습니다'라고는 하지 않는다. 굳이 그렇게 말할 때에는 특별한 마음가짐이 필요하다.

그러나 이 문제는 일본어 그 자체의 특색과도 관계가 있다. 긴다이치 하루히코金田一春彦 씨가 이 책과 마찬가지로 '이와나미 신서岩波新書'의 『일본어日本語』(1957년)에서 언급하고 있는 것처럼 일본에서는 모든 구의 마지막이 실로 확실하다. '……이다. ……이다. ……이다.' '……입니다. ……입니다. ……입니다.' 영어 등의 경우 구의 끝이 천차만별로 여러 가지 단어로 구가 끝나고 있는데 일본어에서는 완전히 천편일률적이며, 게다가 쌀쌀맞기 그지없이 명확한 형태로 끝난다. 만약 유명한 알랭Alain이 일본어를 알고 있었다면 뭐라 말했을까. 그는 산문에 대해 다음과 같이 언급하고 있다. '구의 마지막이라는 것은 언제나 귀의 기대를 배신하지 않으면 안 된다. ……꾸밈없고 성실한 산문에서는 같은 문말로 같은 길이의 구를 사용하는 것마저 천박하다.' 알랭은 이처럼 산문을 시나 웅변과 구별하고 '형태가 무너져 있는' 점에서 산문의 '아름다운 수치심'을 인정하고 있다. 알랭의 교훈은 상당히 유익하다고 생각하는데 일본어의 구는 하나같이 천편일률적인 가락으로 끝나고 있어서 아무래도 알랭을 화나게 할 것 같다.

천편일률적이기 때문에 일부러 구의 마지막 부분을 입에 굳이 올리지 않아도 알아들을 수 있을 것 같고 또한 단호한 형태를 취하고 있기 때문에 이것을 입에 담으면 냉정한 말투로 들릴 위험이 있다. 특히 일본적인 사교의 원칙을 지키려면 뭐든지 조심스럽게 하지 않으면 안 된다. 연상이신 분 앞에서 말을 한다면 전부 다 확고히 잘라 말할 수 없다. 그래서 '……라고 생각하는데요……', '……라고 말할 수 있다고도 생각합니다만……'을 연발하게 된다. 일본어의 특색에 질려 일부러 말을 얼버무리게 되어버린다. 이처럼 전부를 단호히 잘라 말하지 않는다는 방법에는 그 시점에서 상대방이 어찌 나오는지를 기다린다는 숨은 뜻도 있다. 만약 상대가 싫은 얼굴이라도 할라치면 말하기 시작한 내용을 어느 정도 숨기고 방향 전환을 할 여지를 자기 측에 남겨두는 것이다. 일치나 동의를 잃어버리게 될 것에 대한 두려움이다. 그와 반대로 상대방에게도 활동의 여지를 남겨둔다는 숨은 뜻이 있어서 자신이 단호히 말하고 스스로 결정하는 것이 아니라 상대가 이쪽의 뜻을 파악하여 함께 결정에 참가해줄 것을 기대하고 있다. 그렇게 된다면 결정은 자신만의 책임이 아니라 상대방과의 공동책임이 된다. 상대에게 활동의 여지와 책임을 맡기는 말투이다. 이쪽의 말이 애매하면 애매할수록 상대방의 책임이 증대된다. 연극에서 배우가 언어나 행동 이외의 몸짓으로 심리를 표현한다는 것은 이러한 말의 사용법에 의해 성립될 것이다.

문어체는 고독하다

회화체는 다수의 협력자들에 둘러싸여 있는 동시에 조건이 붙어 있다. 이와 반대로 문어체 즉 글은 고군분투, 어디에도 아군이 없는 동시에 무척 자유롭다. 그러나 자유가 결코 즐겁기만 한 것은 아니다.

글에서 단어는 항상 고독하다. 그것은 정말이지 단어들만의 세계로서 어디를 둘러보아도 협력자는 없다. 대화에서 많은 협력자들이 해주었던 일을 남김없이 단어가 혼자의 힘으로 하지 않으면 안 된다. 문장 공부를 하기 위해서는 우선은 이런 점을 철저히 머릿속에 넣어둘 필요가 있다고 생각한다. 이 점에서 문어체는 회화체와 전혀 조건이 다르다. 글을 쓸 경우 구체적인 인간이 상대를 해주지도 않으며 맞장구를 쳐주지도 않는다. 구체적인 상황을 상대방과 공유하는 일도 없기 때문에 이것에 기댈 수도 없다. 물론 표정이나 몸짓도 도와주지 않는다. 게다가 그러한 협력자가 없다는 것뿐 아니라 대화에서 협력자가 해주는 역할 하나하나를 문자를 사용하여 스스로 해나가야 한다.

어디에도 아군은 없다. 단어에 의지할 수밖에 없다. 이렇게 생각한 순간 어쨌든 우리들은 커다란 함정에 빠지기 마련이다. 단어만을 의지한다면 최대한 강한 단어를 사용하려고 하는 함정이다. 협력자 역할을 온통 단어에만 강요하고자 할 경우 누구든지 히스테릭하게 되기 십상이다. 그러나 여기서 참아야 한다. 쓸데없이 격렬한 단어를 사용하면 단어가 상대방 마음 깊숙이 파고들어 가기 전에 폭발해버린다. 단어는 상대방 마음 깊숙이 조용히 들어가 그 이후에 폭발하는 편이 좋다. 아니 폭발하는 것은 단어 그 자체가 아니라 단어에 담겨 있는 개념이기 때문에 단어는 신중한 것일수록 좋다. 중대한 비밀을 털어놓는 사람은 조용히 말을 꺼낼 것이다. 그를 위해서는 최대한 단순한 단어, 조신한 단어를 선택해야 한다. 약간 모자랄 정도로 약한 단어, 요컨대 읽는 인간이 한

껏 무리해서 보완해줄 것 같은 단어를 선택해야 하며 지나치게 격하고 화려한 단어는 피해야 한다. 라쿠고落語(우스운 내용의 일본 전통적인 이야기 예술–편집자 주)를 하는 사람이 자기가 먼저 껄껄 웃어버리면 손님들은 웃지 않을 것이다. 이것은 만국 공통의 룰이다. 드니 위스망의 책도 브로더 크리스티안젠Broder Christiansen『산문 입문Eine Prosaschule』(1956년)이란 책도 이 점에 대해 언급하고 있다.『산문 입문』은 일본의 '이와나미 문고岩波文庫'의 모델이 된 독일의 '레클람 총서' 중 한 권으로 360페이지이며 부제가 '쓰는 기술'인데 독일에서는 널리 읽혀지고 있는 듯하다. 이 책의 첫 부분에 산문을 쓰는 자가 지키지 않으면 안 될 몇 가지 룰이 기록되어 있다. 그 룰 중 한 가지는 모든 강조나 과장은 피하라는 것이다. '최대의……'라고 쓰고 싶을 때에는 '큰……'이라고 써라, '지극히 풍요로운……'이라고 쓰고 싶어도 '풍요로운'으로 끝내라, 라고 가르치고 있다. 분명한 것은 중요하지만 너무 강하면 안 된다. 또 하나의 룰은 단순히 쓰라는 것이다. 단어만이 유일하게 의지할 수 있는 존재라는 것을 알아차리면 누구든지 마음이 불안해져서 계속 단어를 중첩시켜 장황한 문장이 되기 십상이다. 그것이 인지상정일 것이다. 그러나 표현이 장황해지면 효과는 반대로 약해지는 법이다. 읽는 인간이 포만감을 느껴버리고 질려버린다. 브로더 크리스티안젠도 그 점을 생각하고 있었을 것이다.

고독에서 벗어나는 길

글을 쓸 경우에는 대화할 때와 달리 상대방이 없다. 물론 학교에 내는 리포트라면 선생님이라는 존재가 있겠고 조합의 기관지 등이라면 조합원이 상대방이라고 말할 수 있을 테니 이런 상대는 무시하지 않는 편이 좋긴 하겠지만, 애당초 논문이란 누구든지 읽을 수 있고 누구에게도 통용될 수 있도록 폭넓고 동시에 강한 설득력을 갖추어야 한다. 상대방이 있어도 그 상대방에게 어떻게든 얼버무릴 요량이라면 훌륭한 논문은 쓸 수 없다. 그렇게 폭넓고 강한 설득력을 갖춘 상태에서 특정 상대를 고려하는 것이 순서다. 읽는 사람들 중에는 여러 가지 사고방식을 가진 사람이 있겠지만 글은 사고방식의 차이를 돌파해갈 정도의 힘을 가지지 않으면 안 된다. 그러나 힘은 그저 강렬한 형용사 따위를 사용한다 해도 결코 생겨나지 않을 것이다. 오히려 중요한 것은 조용한, 그러나 누구든지 인정하지 않을 수 없는 증명일 것이다. 앞서 거론한 드니 위스망은 이렇게 말하고 있다. '모든 논문은 증명이다.' 그 말이 정답이라고 생각한다.

위와 같은 마음가짐을 전제로 한 이야기이지만 스스로 특정 상대를 만들어낸다는 방법도 없는 것은 아니다. 즉 어떤 서적이나 논문의 필자를 상대로 삼아 이것에 비판을 가한다는 방법이다. 이 방법을 취하면 상대방이 구체적으로 정해지기 때문에 논의의 재료도 자연히 정해지게 된다. 쓰기 쉽다고 한다면 분명 쓰기 쉽다고 할 수 있다. 그러나 문장 공부를 착실히 하고 있는 사람이라면 상대 저서나 논문을 진지하게 연구하는 것에서 시작해야 한다. 상대방이 말하고자 하는 것을 상대방을 대신하여 분명히 말할 수 있을 정도가 아니면 안 된다. 그렇게 말하면 독자들은 내가 단문 연습을 어떤 저자의 소개로부터 시작하는 편이 좋다고 언급했던 것을 생각해낼 것이다. 저자를 대신하여 표현할 수 있을 정도로 마스터한 서적이나 논문이기 때문에 더더욱 진정한 비판을 가할 수 있다. 그 정도까지 상대방에게 깊이 들어가면 분명 불만스러운 부분도 나올 것이다. 또한 불만스러운 부분에 대해 잠자코 있을 수 없게 될 수도 있을 것이다. 그러나 불만스러운 부분에 대해 발언하게 된다면 아무래도 그 부분에 관해 자신 있는 발언이 가능할 정도로 공부해야 한다. 이렇게 문장 수업은 그저 문장 수업으로 끝나지 않게 된다. 기술의 공부가 아니라 내용의 공부로 발전한다. 그렇게 생각하면 상대방을 고를 때도 자신과 사고가 전혀 다른 저자가 아니라 오히려 많은 부분에서 일치하는 저자 쪽이 좋을 것이다. 그리고 또 한 가지 비판의 글에서 저자는 분명 상대이지만 편지가 아닌 이상 저자만 읽는 것은 아니다. 저자 이외의 독자라는 상대가 있다는 것, 거기에서 요구되는 설득력의 폭과 강도, 이것도 잊어서는 안 된다.

비판에 대해 떠오르는 것은 사회학 건설자인 프랑스의 오귀스트 콩트이다. 앞서 언급한 대로 나는 대학 졸업논문에서 오귀스트 콩트의 학설을 비판적으로 다뤘다. 그러나 훗날 스스로가 그에게 가한 비판이라는 것을 다시금 읽어보니 아무래도 비판이라기보다는 겁쟁이가 뒤에 숨어 허세를 부리 듯 상대를 비난하는 형국이다. 오귀스트 콩트의 옆에는 가까이 다가가지 못한 채 멀리서 제멋대로 지껄여대고 있을 뿐이기 때문이다. 이러면 안 되지 싶어 생각을 고쳐먹고 이번에는 그의 의도나 학설의 세부로 들어가 보자 한심스럽게도 나 자신이 그의 사상의 소용돌이 속에 휘말려 들어가 버린다. 아무리 노력해도 거기서 빠져나올 수가 없다. 열심히 비판을 가할 작정으로 있어도 내가 쓴 글들은 그의 학설 소개가 되어버리고 만다. 비판은 어려운 법이다. 그러나 진정한 비판이란 한번쯤은 스스로가 그 소용돌이 속으로 휘말려 들어가 당장이라도 빠져버릴 듯 악전고투하고 거기로부터 가까스로 몸을 빼낸 경우에 비로소 성립되는 것이리라. 비겁하게 뒤에서 몰래 하는 비판으로는 문장 공부는 되지 않는다. 내용 공부도 되지 않는다.

대화와 달리 글에서는 구체적인 상황을 상대방과 공유할 수 없다. 이것은 글의 불리한 면이다. 그러나 독자와 공유할 구체적 상황을 문자에 의해 만들어낼 수 없는 것은 아니다. 그 한 가지 방법은 뭔가 실질적인 사건 즉 시사적인 문제를 거론하는 것이다. 실질적인 사건이라면 당연히 많은 사람들이 관심을 기울이기 때문에 이것을 거론하면 일시적이라고는 해도 자신이 상대와 같은 평면 위에 설 수 있다. 이에 따라 구체적 상황의 공유가 가능하다. 이야기가 통하기 쉬워진다. 여기서도 두 가지 경우가 있다. 어떤 경우에는 글 전체가 실질적인 문제를 중심으로 움직일 것이다. 신문의 글은 그 성질상 실질적인 상황을 전제로 쓰여 있다. 또한 실질적인 상황이 독자들과 공통된 전제가 되고 있다고 안심할 수 있기 때문에 이것에 안주하여 신문은 더 좋은 글을 쓰려는 노력을 게을리 하고 있다고도 말할 수 있다. 만약 독자와의 사이에 공통의 전제가 결여되어 있다면 '만'을 다용한 신문의 글로는 일반에게 설명이나 설득의 기능을 다할 수 있을지 불안스럽다. 좀 더 날카로운 표현을 고안해야 한다. 다른 경우로는 글 전체가 실질적인 주제를 가지고는 있지 않지만 맨 첫 부분, 즉 글을 쓰기 시작하는 곳에서 실질적인 문제를 다루는 경우가 있다. 이것은 유리한 방법이다. 첫 부분에서 시사적인 화제에 대해 언급하면 독자들의 마음이 솔직하게 움직이기 시작한다. 필자와 독자와의 사이에 구체적인 상황 공유가 가능하다. 이런 공간을 확실히 확보해두고 나서 이 시사적인 화제에 대한 분석이나 비판을 통해 점차 실질적이지 않은 본론으로 들어가야 한다.

대화와 달리 글은 사교적이지 않다. 사교가 아니라 인식이다. 어떻게든 받아들일 수 있는 애매한 표현은 피해야 한다. 앞에서도 언급했던 것처럼 주어가 명확한 것, 긍정인지 부정인지가 확실한 것이 중요하다. 신문이나 주간지 등을 읽으면 '……라고 생각하는데 과연 어떨지'라는 종류의 표현과 부딪히는데 이것은 회화체의 '……라고 생각합니다만……'이 조금 진화(?)한 것이다. 나는 이런 표현을 좋아하지 않는다. 글이란 대화와 달리 사교라는 조건이 달리지 않았기 때문에 상대방의 안색을 살피지 않고 주장해야 할 것을 주장하면 된다. 그러나 다음과 같은 경우도 있다. 타인의 견해에 비판을 가한다고 할 때 비판당하는 상대와 교제 관계가 있을 경우다. 실제로 그 상대와 사교 찬스가 있고 앞으로도 이 찬스를 잃고 싶지 않다는 경우도 있다. 하지만 이것은 그리 곤란한 케이스는 아니다. 상대의 성격 등을 생각하면 다 그렇다고는 말할 수 없겠지만 비판이 상대방 저작에 대한 진지한 연구와 꼼꼼한 서술을 바탕으로 하고 있으면 된다고 생각한다. 오히려 글로써 애매한 사교를 하지 않고 상대방에게 상처 주는 일 없이, 상대가 진정으로 승복할 수 있는 훌륭한 논문을 쓰면 된다. 옛부터 사상의 발전도 학문의 진보도 이러한 응수가 기초가 되고 있는 경우가 많았다.

Ⅳ
일본어를 외국어로서
다루자

시작의 고통

뭐니 뭐니 해도 글을 쓰기 시작하는 것이 최대의 난관이다. 아무리 글을 쓰는 일에 익숙해 있더라도 이 난관은 누구에게나 마찬가지다. 전체적으로 30매라든가 50매를 쓸 경우 맨 처음 몇 장이 자신의 마음에 들면 대체적으로 그 후에는 술술 글이 풀린다. 그렇게 되면 마음속에 가득 차 있던 불안감이 갑자기 사라지고 밝은 기분이 든다. 내가 쓴 글이 마치 살아 있는 생명체처럼 스스로 움직이기 시작한다. 나는 언어의 자발적 발전을 방해하지 않도록 그 기분을 상하게 하지 않도록 조심하면 된다. 조금 전까지 자신이 느꼈던 극도의 긴장감이 거짓말처럼 느껴지며 우스꽝스럽게 보이기 시작한다.

이것은 만사가 잘 풀렸을 경우다. 그런데 일단 한번 꼬이기 시작하면 한 장을 쓰고는 찢어버리고 두 장째 쓰고는 내던져 버린다. 몇 번을 고쳐 써보아도 마음에 들지 않는다. 다른 사람에게 보이면 '나무랄 데 없지 않나요'라고 말해주지만 다른 사람이 뭐라 말하든 내 마음에 들지 않는다. 어디가 마음에 들지 않느냐는 질문을 받아도 어디라고 콕 집어 말할 수 없다. 그러한 경우는 반드시 자신이 쓴 서체나 잉크색까지 묘하게 거슬리기 시작한다. 뭐하나 딱히 어려운 글자가 없는데도 내가 쓴 글자들은 왜 이리 어설픈지. 오늘은 잉크마저 활기 없는 색깔인 것 같다. 그러다 보면 첫 장의 다섯 번째 행의 '사회'라는 글자만 예쁘게 쓰면 두 장째 세 장째도 무사히 나아갈 수 있다는 미신(징크스)마저 생긴다. 알랭은 말한다. '인쇄소를 위해 쓰지 않으면 안 된다.' 분명 그 말이 맞다. 우리들이 쓴 글자가 어떤 서체든 잉크 색깔이 어떻든 인쇄술의 발명에 의해 그러한 개성적인 것은 모두 의미를 잃어버렸다. 그만큼 사상이 인간의 개성을 벗어나 보편적이고 추상적이 되었지만 그렇다고 해도 글을 쓰기 시작하는 단계에서는, 특히 술술 써지지 않을 때는, 인쇄소에 가면 제로가 될 터인 여러 가지 것들까지 실로 신경 쓰인다. 앞서 언급한 드니 위스망도 명필일 필요까지는 없지만 한 글자 한 글자 제대로 쓰라거나 엷은 색의 잉크나 화려한 색의 잉크는 사용하지 않는 편이 좋다거나 여러 가지 주의사항을 친절히 말해준다. 하지만 쓰고 찢고를 반복하고 있으면 그러한 충고로는 도저히 어쩔 수 없는 일종의 병적인 상태에 빠져버린다.

때때로 나도 이러한 병적인 상태에 빠진다. 솔직히 말하면 몇십 번 몇백 번이나 빠져버린 경험이 있기 때문에 최근에는 막상 쓰기 시작할 때에는 '기하학이라구'라고 스스로에게 말을 건네는 경우가 있다. 그것은 이러한 의미이다. 내가 중학교에서 기하학을 배웠을 때의 일을 생각해보면 맨 처음 정의나 공리가 나오고 그 후 정의나 공리에 의하여 이미 진리임이 증명된 명제가 나온다. 정의든 공리든 굳이 말하지 않아도 알고 있는 것처럼 생각되며 이어 나오는 명제도 대단한 것은 아닌 것처럼 생각된다. 그러나 기하학 수업이 그다지 진행되지 않았는데도 이러한 소수의 정의, 공리, 명제만이 밑천이며 이런 약간의 자본으로 문제를 풀지 않으면 안 되게 된다. 우리들 손에 있는 도구는 극히 적다. 우리들이 서 있는 곳은 옴짝달싹할 수 없는 매우 협소한 공간이다. 거기에서 어떻게든 움직여야만 한다. 정말이지 갑갑하다. 그러나 여기가 중요한 것이다. 이 단계를 뛰어넘으면, 즉 많은 명제를 배운다는 말인데, 그렇게 되면 이번에는 많은 명제가 우리들의 자본이 된다. 문제를 푸는 데 여러 가지 정의를 자유자재로 사용할 수 있다. 우리들은 비로소 넓은 장소로 나오게 된다. 글을 쓰기 시작할 때 '기하학이라구'라고 내가 자신에게 말을 건네는 것은 정의나 공리나 소수의 명제밖에는 부여되지 않는 갑갑한 세계로 들어간다는 각오를 단단히 하기 위한 의식 같은 것이다. 최초의 정의나 공리는 뻔하다고 말하자면 이처럼 뻔한 것이 없다. 뻔히 알고 있는 것을 다시 한번 확인한다. 하지만 만의 하나라도 이 단계에서 조금이라도 오차가 있다면 우리들은 한 걸음도 앞으로 나아갈 수 없다. 나아가고 있다고 생각해도 발아래부터 금방 허물어지기 시작해버린다. 이 단계에서의 실패는 치명적이라고 봐야 한다.

한 장 쓰고 찢고 또 한 장 쓰고 내던져 버리는 동안 자신의 비참한 서체가 신경 쓰이거나 잉크 색이 활기 없는 것에 화를 내기 시작한다. 그것은 너무 예민해져 있기 때문이며 기분 탓이라고도 할 수 있고 실제로 그러한 케이스도 많을 것이다. 그러나 차분히 돌이켜 생각해보면 서체나 잉크색의 문제는 정의나 공리에 있어서의 오차(작은, 그러나 치명적인)를 고하는 위험신호인 경우가 많다. 다음에는 이것을 다른 방향에서 생각해보도록 하자.

일본어를 외국어처럼

우리는 일본어에 너무 익숙해 있다. 어린 시절부터 일본어를 듣고 일본어로 말하고 쓰고 일본어로 생각해왔다. 우리에게 있어서 일본어는 공기 같은 존재이며 일본어를 잘한다든가 못한다든가 하는 생각마저 우스꽝스러울 정도로 우리는 모두 일본어의 달인이라 생각한다. 아니 그런 것을 새삼 생각하지 않을 정도로 일본어에 익숙해 있고 일본어라는 것을 의식하지 않는다. 이것은 어쩌면 당연한 일일 것이다. 그러나 그런 일본어로 글을 쓴다고 할 때는 일본어에 대한 익숙함을 버려야 한다. 일본어라는 것이 의식되지 않는다면 글을 쓸 수 없다. 이야기하거나 듣거나 할 동안은 그나마 괜찮지만 글을 쓴다는 단계에 이르면 일본어를 분명히 객체로서 의식해야 한다. 자신과 일본어와의 융합 관계에서 탈출하여 일본어를 자신의 외부에 있는 객체로서 의식하지 않으면 이것을 도구로 글을 쓰는 것은 불가능하다. 글을 쓰기 위해서는 일본어를 외국어로서 취급하지 않으면 안 된다.

일본어를 자신의 외부의 객체로서 파악할 기회는 보통의 경우 우리가 외국어를 공부할 때나 얻을 수 있을 정도다. 전혀 외국어와 연이 없었다면 일본어가 언어 그 자체가 되어 일본어가 일본어로서 자각될 순간은 없을 것이다. 일본어의 자각이 외국어와의 접촉에서 기인된다는 것은 민족적 경우나 개인적 경우나 마찬가지다. 메이지 시대 초기 일본인들이 서양과 본격적으로 접촉하게 되고 나서 서양 여러 언어들과 비교함으로써 일본어가 의식의 신선한 대상이 되기 시작했다. 또한 일본인들 개개인도 영어 등 외국어를 배우기 시작하면서 지금까지 친숙하게 지내왔던 일본어를 향해 새로운 눈이 열리게 된다.

앞서 글을 쓸 때는 일본어도 외국어로서 취급해야 한다고 했는데 우리는 외국어 공부를 통해 일본어를 일종의 외국어처럼 다루는 지점에 설 수 있다. 바꾸어 말하자면 외국어 공부는 일본어로 글을 쓰는 데 있어서 큰 플러스 요인이다. 이것이 민족으로서의 일본인 전체에 해당할지 여부는 전문가에게 물어보지 않으면 알 수 없겠지만 적어도 나에게는 아주 잘 부합된다. 나는 보통의 순서와는 조금 달리 독일어, 프랑스어, 영어 등의 순서로 외국어를 공부해왔다. 다행히 외국어 공부를 좋아했고 전공과 관련된 일에서도 필요하여 오랫동안 외국어 책을 읽어왔다. 이미 상당히 익숙해져 있을 터이다. 그러나 모국어와의 차이인지 몇 년이 지나도 언뜻 보는 것만으로는 전혀 그 내용을 짐작할 수 없다. 눈으로 뛰어들어 오는 느낌 같은 것이 전혀 없다. 일본어 책이라면 대충 순간적으로 이해되는, 혹은 이해될 것 같은 기분이 든다. 외국어의 경우 특히 이전에도 그랬고 지금도 능숙하지 않은 외국어일수록 심한데 나는 수식을 푸는 것과 비슷한 태도로 읽고 있다. 외국어로 된 구절들이 방정식처럼 보이고 한 글자 한 글자가 숫자처럼 보인다. 번역어를 알고 있는 단어라면 그나마 괜찮지만 모르는 단어는 사전에서 찾아보아야 한다. 알고 있는 것은 기지수고 모르는 것은 미지수다. 단어의 의미를 알고 있어도 많은 단어를 연결시키고 있는 관계에 이르면 이것은 문법에 의해 해석해야 한다. 수식을 풀 경우도 논리가 필요하지만 외국어의 경우도 논리가 문법과 하나가 되어 그 기능을 하고 있다. 사전과 문법에 의지하여 우리들은 완전히 이치를 찾아가는 방법으로 외국어 문장을 읽어나가야 한다. 사실 나는 이러한 방법으로 읽어왔다.

여기서 아무래도 약간의 문제가 나타난다. 외국인이 일본어 글을 읽을 때도 역시 수식을 푸는 듯한 태도가 될까. 일본인이라도 일본어 글에 익숙하지 않으면 수식을 푸는 것 같을까. 한자 같은 상형문자와 알파벳 같은 표음문자와의 차이가 큰 걸까. 그러나 지금은 이러한 문제에 대해 고찰하기보다는 외국어로 된 글이라는 수식을 푸는 노력을 거듭하고 있는 사이에 우리 자신이 수식을 조립하는 듯한 마음가짐으로 일본어 글을 쓰게 되어버렸다는 사실이 중요하다. 수식 같은 문장이 좋은지 나쁜지, 혹은 선호하는지의 여부에 대해서는 많은 의견들이 있을 것이다. 나만 해도 수식이면 된다는 주장을 하고 있는 것은 아니다. 그러나 지적 산문知的散文으로서의 논문인 이상 수식이 골격이 되지 않으면 안 된다. 일부러 형태를 허물어뜨리는 것도 멋을 부리는 것도 독자를 즐겁게 해주는 것도 골격 수업이 끝난 후의 일이다. 나는 그렇게 믿고 있다. 다행인지 불행인지 일본어로 된 글의 골격을 배우기 위해서 나는 외국어 문장이라는 먼 길로 돌아가야 했다. 글을 쓰기 시작한다는 것은 기하학 공부의 출발점에 서는 일이다. 아무리 작은 오차라도 그것으로 끝장이다. 쓰기 시작하는 부분에서는 수식을 조립하는, 수식을 푸는 듯한 태도가 특히 필요하다고 생각한다.

단어의 의미를 결정할 것

그래도 일본어 세계와 외국어 세계는 뭐든지 엄청 차이가 있다. 앞서 언급했던 드니 위스망은 정의에서 시작하는 것은 '중대한 오류'라고 독자에게 경고하고 있다. 또한 이렇게도 말한다. '정의에서 출발하는 것은 나쁜 방법이다.' 나도 논문을 쓰기 시작하는 것과 기하학 초보를 비교해오긴 했지만 처음에 당당히 정의가 나타나면 이것은 말 그대로 기하학이 되어버린다. 옛날 스피노자(1632년~1677년)는 『기하학적 질서에 의해 논증된 윤리학』이라는 책을 쓴 적이 있는데 무턱대고 스피노자를 흉내 낸 논문만 나타나도 곤란할 것이다. 그러나 친절한 드니 위스망이 일부러 훈계해주고 있는 것을 보면 프랑스에서는 스피노자를 흉내 낸 사람이 틀림없이 많았을 것이다. 그럴 위험성이 없었다면 그는 이렇게는 쓰지 않았을 것이다.

여기까지 쓰고 나는 대학생 시절을 떠올린다. 어설픈 프랑스어를 의지 삼아 프랑스 사회학이나 철학 서적을 읽고 있을 때 나는 par définition(정의에 의해)라는 단어와 부딪혔다. 돌이켜 생각해보면 그 후에도 사방에서 이 표현과 만났다. 영어나 독일어 책에서는 그다지 발견하지 못한 듯하다. 하긴 원래 par définition이라는 단어에 내가 느낀 것 같은 무거운 의미가 있는지, 좀 더 가벼운 관용구처럼 사용되고 있는 말인지 분명치 않지만 어쨌든 par définition이라는 표현이 나타나기 전에 정의가 있고 그 정의에 따라 이야기가 나아가고 있는 것만은 알 수 있다. 자신이 사용하는 단어의 의미를 정하고, 정한 후에 그것에 책임을 지고 나아간다는 말이다. par définition이라는 표현과 처음으로 마주쳤을 때 나는 서양인의 글과 일본어 글과의 차이라는 것을 절실히 느꼈다.

정의라고 하면 대부분 아리스토텔레스를 떠올린다. 아리스토텔레스에 있어서 정의란 어떤 사물의 본질을 드러내는 방식이며 본질이란 그 유명한 유類(genus)와 종차種差(specific difference)에 의해 구성되며 이런 사고는 스콜라 철학을 통해 오늘날에 이르고 있다. 파스칼에 의하면 정의란 '우리들의 사유 안에서 태어나며 우리들이 언어의 혼란에 대해 말할 때 발생하는 혼란에서 구해주는 것'

이다. 프랑스에서는 이러한 정의의 전통이 살아 있을 것이다. 그래서 여기저기서 가짜 스피노자들이 나타날 위험성도 있을 것이다. 분명 드니 위스망은 정의 과잉 상태를 우려하고 있었다.

그러나 내가 두려워하는 것은 오히려 정의 부족 상태다. 우리들은 좀 더 단어를 소중히 해야 한다. 자신이 사용하는 단어에 책임을 져야 한다. 그를 위해서는 한번쯤 다음과 같은 점에 대해서도 생각해두는 편이 좋을 것이다. 화가가 꽃을 그린다. 화폭 위에 아름다운 꽃이 나타나게 된다. 화폭 위의 꽃은 실물의 꽃과 비슷하다. 최근에는 그다지 비슷하지 않은 꽃을 그리는 화가도 적지 않지만 그래도 실물 꽃과 화폭 위의 꽃과는 어딘가 닮은 구석이 있다. 조각가가 젊은 남자가 서 있는 조각상을 만들고 있다. 이 상은 모델이 되고 있는 실제 인간과 비슷하다. 설령 비슷하지 않다 해도 역시 이런 조각상은 인간이라는 것과 비슷하다. 그런데 단어의 경우라면 사정이 전혀 달라진다. '꽃'이라는 단어는 아무리 뚫어지게 바라봐도 실재의 꽃과는 닮은 구석이 없다. '젊은 남자'라는 단어도 젊은 남자 실물과 뭐 하나 공통점이 없다. 한자가 상형문자라는 이야기를 꺼내 봐도 소용이 없다. 이처럼 회화나 조각과 달리 말이란 완전히 추상적인 것이다. 추상적인 것인 만큼 말을 사용할 때 세심한 주의를 기울여야 한다. 우리들은 전혀 실물과 비슷하지 않은 문자를 사용하여 실물을 나타내야 하기 때문이다.

그러나 위와 같은 예는 그나마 다행스러운 쪽이다. 왜냐하면 우리들은 실재하는 꽃이나 젊은 남자를 눈으로 볼 수도 손으로 만질 수도 있기 때문이다. 그러한 것들은 실재하기 때문이다. 이에 반해 '양심', '운명', '비판'이라는 단어에 이르면 이러한 단어가 지시하고 있는 것은 눈으로 볼 수도 손으로 만질 수도 없다. 이러한 것들은 꽃이나 젊은 남자와 똑같은 의미로는 존재하지 않는다. 하지만 그렇다고 무無도 아니다. 무는 아니지만 단어에 몸을 의탁했을 때만 존재할 수 있으며 그것을 나타내는 단어가 없다면 존재할 수 없다. 단어만이 의지할 수 있는 유일한 존재다. '양심'도 '운명'도 '비판'도 단어가 되었을 때 비로소 존재한다. 이러한 사항에 대해 논하게 되면 단어를 어떻게 취급해야 할지 더더욱 신중해질 수밖에 없다. 단어 선정에 오차가 발생하면 실물로서의 양심도 운명도 비판도 순식간에 그 존재에 오류가 발생하기 시작한다.

앞서 첫 수식을 쓸 때의 괴로움에 대해 언급했지만 괴로움이든 두려움이든 이것은 쓰기 시작할 때의 단어의 정의에 대한 문제에서 오는 것으로 생각된다. 막 쓰기 시작할 때 어떠한 단어를 사용할지, 그 정확한 의미가 무엇인지, 단어 뒤 저편에 무엇이 있을지, 그것이 중요하다. 정말이지 기하학의 정의나 공리 같은 것이다. 서술에 있어서 아리스토텔레스 이후의 정의라는 전통적 형식을 답습할 필요는 없지만 마음속에 엄격한 정의가 만들어져 있지 않으면 진전도 없다. 처음에 마음속에 엄격한 정의가 만들어져 있으면 그것이 마지막까지 인간을 이끌어준다. 쓰는 사람도 읽는 사람도 마찬가지다. 이러한 정의가 결여되어 있으면 앞으로 나아가려는 순간 앞으로 가야 할 이야기가 나아가지 못한 채 막혀 버린다. 또한 똑바로 나아가야 할 서술이 옆으로 새버리고 무엇이 바른 길인지 모르게 된다. 자신의 서체나 잉크색이 묘하게 거슬리는 것은 대체로 정의가 너무 나약한 것이 원인이라고 할 수 있다. 앞으로 서슴없이 나아가는 것이 불안해져 온 증거다. 위험신호가 뜨면 자신이 사용하고 있는 단어 하나하나를 다시금 돌아보는 편이 좋을 것이다.

우리는 시인이 아니다

하지만 사람이 고르려고 해도 단어 쪽이 인간의 정신을 사로잡아 버리는 경우도 있다. 어쩐지 좋은 단어, 사용해보고 싶은 단어, 그러한 것들이 정신의 자유를 빼앗아버리는 경우가 있다. 다니자키 준이치로 씨는 이렇게 쓰고 있다. '내가 청년 시절 쓴 작품에 『기린麒麟』이라는 작은 작품이 있습니다만 그것은 실은 내용보다도 『기린』이라는 제목의 문자 쪽이 먼저 머릿속에 있었습니다. 그리하여 그 문자로부터 공상이 생겨났고 그런 이야기로 발전되었습니다. 그렇기 때문에 하나의 단어의 힘이라고 하는 것도 실로 엄청나게 위대한 것이라 할 수 있습니다. 옛 사람들이 말에 영혼이 깃들어 있다고 생각하여 고토다마言霊(언령)라고 명명했던 것도 과연 무리가 아닙니다. 이것을 현대어로 말씀드리자면 말의 매력이라 하겠습니다만, 말이란 단어 하나하나가 그 자체로 살아 있는 생명체로 인간이 말을 사용하는 동시에, 말도 인간을 사용하는 경우가 있습니다.'

나도 '기린'이라는 단어의 매력을 느낀다. 그러나 매력은 '기린'을 한자가 아닌 가타카나나 히라가나로 쓰는 순간 사라질 것이다. '기린'이 아니라 '麒麟'이지 않으면 안 된다. 한자가 아닌 그냥 '기린'이면 기껏해야 맥주 상호 정도로밖에는 연상되지 않는다. 그렇다면 '기린'은 무엇을 연상시킬까. 단 '기린'이란 지브라zebra를 말하는 것이 아니라 용과 마찬가지로 상상 속의 동물을 가리키는 이름이다. 따라서 동물 이름이긴 하지만 소나 돼지 등의 단어와는 전혀 다르다. 소나 돼지라면 '소'나 '돼지'라는 단어가 있을 뿐 아니라 실물로서의 소나 돼지가 틀림없이 존재한다. 물론 '소'나 '돼지'라는 단어에도 어떤 느낌은 있다. 각별한 매력은 없을지도 모르지만 느낌은 있다. 그러나 이 느낌에는 현실에서 존재하는 실물로서의 소나 돼지의 그림자가 투영되어 있다. 그러나 '기린'이라는 단어 저 너머에는 그 어떤 실물도 없다. 단어밖에는 없다. 그렇게 생각하면 '기린'이란 단어는 '양심'이나 '운명'이나 '비판'이라는 단어와 비슷하다고도 할 수 있다. 어쨌든 '기린'이라는 아름다운 단어만이 있을 뿐 실물은 존재하지 않는다. 그런 까닭에 다니자키 준이치로 씨는 실물에 방해받지 않고 이 아름다운 단어를 통해 상상력을 마음껏 발휘하여 자유롭게 작품을 쓸 수 있었다. 여기에 언어에 대한 시인의 태도가 드러나 있다. 시인이란 언어를 사용하는 인간이 아니라 언어를 섬기는 사람이라고 사르트르는 말하고 있다. 시인에게는 언어 그 자체가 실물인 것이다.

그러나 지적 산문을 쓰는 인간은 언어를 섬기는 자가 아니라 언어를 사용하는 자다. 즉 우리들에게 '양심'이나 '운명'이나 '비판'이라는 단어는 여러 가지 점에서 매우 비슷하다고 해도 다니자키 준이치로 씨가 말하는 '기린'이라는 단어와는 다른 것이다. 분명 '꽃'이나 '젊은 남자'라는 단어에 비해 '양심'이나 '운명'이나 '비판'이라는 단어에는 실물이 없다. 하지만 '기린'이라는 단어와 비교한다면 실물이 있다고 해야 할지도 모른다. '양심'이나 '운명'이나 '비판'에는 실물이 있지만, 눈에 보이거나 손으로 만지는 것이 불가능할 뿐이다. 이러한 실물은 X라고 부를 수밖에 없을 것이다. 이 X라는 실물을 나타내기 위해 우리들이 사용하는 것에 예를 들어 '양심'이라는 단어가 있다. '양심'이라는 단어 저 너머에 X가 있다. 우리들은 X를 열심히 응시해야만 한다. 단어 저 너머에 있기 때문에 X를 보기 위해서는 단어를 통해서가 아니면 불가능하다. 그러나 X는 단어 저 너머에 있으며 우리는 단어를 통해서만 X를 보기 때문에 그 단어가 우리의 눈을 빼앗는 경우가 있어서는 안 된다. X를 나타내는 단어는 겸허하고 투명한 것일 필요가 있다. 겸허하고 투명하지 않으면, 너무 화려하고 번쩍거리면, 단어가 방해가 되어 우리는 X를 볼 수 없게 될 것이다. 누구나 좋아하는 단어를 사용하는 편이 좋다. 아름다운 단어를 택하는 편이 좋다. 그러나 우리들은 시인이 되어서는 안 된다.

모국어라고 안일하게 생각해서는 안 된다

외국어로 글을 쓴다면 몰라도 자신의 모국어인 일본어로 글을 쓰는 것이 어찌해서 이리도 복잡하단 말인가. 예외도 있겠지만 현재에는 초등학교, 중학교, 고등학교에 철자법이나 작문 시간이 거의 없는 것 같다. 그러다 대학에서 느닷없이 리포트를 내게 된다면 그 고생은 이루 다 말할 수 없다. 하지만 내 경우에는 초등학교, 중학교, 고등학교에 걸쳐 항상 철자법이나 작문 시간이 있었고 심지어 나는 이 과목을 좋아했다. 그럼에도 여태까지 써왔던 것처럼 막상 글을 쓰려고 하면 한심스러울 정도로 고생이 따르는 것이었다. 지금이나 옛날이나 학교 교육을 통해 작문의 기초적 기술을 배울 수는 없다. 작가의 경우가 그러하다. 대부분의 작가들은 학교를 졸업한 후 혹은 학교 교육 외부에서 동인잡지 등에 의해 글을 쓰는 방법을 배워왔을 것이다. 아니, 예술가를 비유로 제시하는 것은 적절치 않다. 나는 좀 더 작은 이야기를 할 생각이다. 앞서 거론한 브로더 크리스티안젠의 『산문 입문』 본문은 괴테의 말로 시작되고 있다. '모든 예술에 앞서 수작업이 없으면 안 된다.' 이 말은 문장 수업에도 해당된다고 브로더 크리스티안젠은 생각한다. 예술은 타인에게 가르칠 수 없을 것이다. 그러나 수작업의 룰은 타인에게 가르칠 수 있고 누구든지 배울 수 있다. 이러한 사고방식을 바탕으로 『산문 입문』은 쓰였다. 나도 특히 예술가의 스타일을 생각하고 있는 것은 아니다. 문장 예술이 학교에서 배울 수 있는 것이라고도 생각지 않는다. 그러나 그에 앞선 수작업 룰은 가르칠 수도 배울 수도 있을 것이다. 그리고 이러한 수작업이라면 학교 교육에 포함시킬 수도 있고 필요하기도 할 것이다. 그리 과한 욕심은 아닐 것이다.

이 문제를 생각할 때마다 나는 프랑스 초등 교육에 박식한 친구의 이야기를 떠올리지 않을 수 없다. 그의 이야기에 따르면 프랑스에서는 이미 초등학교에서 문장의 문법적 분석을 가르치고 있다. 내가 잘못 들은 게 아니라면 이 문법적 분석은 '프랑스어'라는 과목의 주요한 내용이 되고 있다. 일본에서도 일본어를 '국어'라는 자명한 것으로 취급하지 말고 '일본어'로서 객관화하고 의식화하는 것이 온당하다고 생각한다. 그리고 그러한 명칭의 문제와 더불어 일본어 문장의 문법적 분석이 어린 시절부터 행해질 필요가 있다. 또한 이 친구의 이야기에 의하면 프랑스에서 기하학은 수학의

한 범위로서가 아니라 논리적 사유 방법 훈련이라는 목적으로 행해지고 있다고 한다.

헤겔은 이런 언급을 한 적이 있다. '어린이에게 문법을 가르친다는 것에는 무의식 중 사유의 여러 규정에 대해 주의를 환기시키는 효과도 있다.' 우리들은 프랑스 교육 방법에서 배울 필요가 있다. 물론 일본어 문법은 나도 중학교나 고등학교에서 배웠다. 그러나 그것은 배우는 학생에게도 가르치는 선생님에게도 이른바 의무 비슷한 것이었다. 고행이었다. 심지어 대부분의 경우, 문법을 가르치는 선생님과 작문을 가르치는 선생님은 동일한 선생님이었지만 그럼에도 불구하고 문법은 그저 문법이었으며 작문은 그저 작문이었다. 문법 시간은 문장을 논리적으로 구성하기 위한 기초적 룰을, 따라서 논리적 사유의 기초적 룰을 가르치는 시간이 아니었고, 작문 시간은 선생님과 학생들이 어떤 종류의 문학 취향 안에서 안일하게 서로를 봐주는 시간이었다. 서로 연결을 시키면 쌍방이 유의미할 수 있는데 결과적으로 서로 등을 돌리고 있었던 것이다.

프랑스를 비롯한 여러 외국에서는 모든 것들이 이상적으로 행해지고 있다는 말이 하고 싶은 것은 아니다. 그렇게 생각하지 않는다. 그러기는커녕 실제로 드니 위스망은 이렇게 말하고 있다. '학생들 작문의 절반은 프랑스어 문장 구성법에 대한 완벽한 무지를 드러내고 있다.' 프랑스처럼 탄탄한 전통을 가진 합리주의 국가라도, 초등 교육에서부터 이미 문법을 가르치고 있어도, 그 때문에 우리들의 눈에 회화체와 문어체의 간극이 그다지 크지 않은 것처럼 보여도, 드니 위스망의 이러한 한탄이 생겨나는 것이다. 프랑스와 반대로 일본은 비합리주의적인 전통이 강하고 작문이나 문법이 무시되고 있으며 심지어 회화체와 문어체 간에 커다란 골이 있다. 이러한 악조건을 생각하면 전혀 이상한 일이 아니겠지만 교사로서의 내 경험에 비추어본다면 일본어의 '문장 구성법에 대한 완벽한 무지'는 도저히 학생들의 절반 따위에 그치지 않는다. 학생들이 제출하는 리포트를 살펴보면서 '내가 일본어라는 외국어를 맡은 교사였다면'이라고 항상 생각한다. 만약 내가 일본어라는 외국어를 담당하는 교사였다면 리포트에 나와 있는 무수한 오탈자, 단어의 오용, 문장 구성의 오류 하나하나를 정정할 의무가 있었을 것이다. 그리고 실로 수많은 학생들을 낙제시켜야 한다. 내가 이런 의무에서 벗어날 수 있는 것도, 많은 학생들이 낙제라고 하는 불행에서 벗어날 수 있는 것도 일본어가 우리들의 모국어이기 때문이다. 일본어를 객관화하지도 않고 문법에 대한 의식도 없이 우리는 태만하게 모국어에 기대고 있다. 이것은 어제 오늘 시작된 일은 아닐 것이다. 작문이나 문법이라는 과목의 유무와 무관하게 이전부터 있었다. 어쩌면 '생각한 대로 쓰라'나 '말하듯이 쓰라'처럼 미문으로부터의 탈출이라는 개념과 병행하여 자주 나오던 이런 말들이 이러한 경향을 조장해왔다고도 볼 수 있다.

여기서 이야기는 앞으로 돌아간다. 글을 쓰기 위해서는 일본어를 모국어라고 안일하게 생각하는 무의식 상태에서 빠져나와야 한다. 일본어를 자신의 외부에서 객관화하고 이것을 명료하게 의식화해야 한다. 글을 쓰는 인간은 일본어를 일종의 외국어로 신중히 다루는 편이 좋다. 그러나 나의 경우 일본어에 대한 신중한 태도는 독일어 및 기타 외국어를 배우며 외국어 문장을 수식처럼 해독하는 경험을 통해 비로소 생겨났다. 작은 한 글자 한 글자가 쌓인다는 것, 이러한 한 글자 한 글자로 만들어지는 문장들의 조립이라는 것, 요컨대 정의 및 문법이라는 것이 되는데 이것을 나는 외국서적을 읽으며 알게 되었고 일본어 글을 쓰는 작업의 근본으로 삼을 수 있었다. 외국어라는 우회로를 거치지 않았다면 나는 일본어로 글을 쓰는 '수작업의 룰'을 배울 기회가 없었을 것이다.

V
'있는 그대로' 쓰는 것을 그만두자

'본 대로'의 세계와 '생각한 대로'의 세계

'있는 그대로 쓰자.' '솔직하게 쓰자.' 미문의 틀이 힘을 잃은 후 계속 이렇게 외쳐왔다. 이 단어는 소년 시절부터 오늘에 이르기까지 내게 맴돌고 있는 것 같다. 많은 사람들에게도 마찬가지일 것이다. 그러나 '있는 그대로……'든 '솔직하게……'든 그저 이런 태도만으로 글이 써지지는 않는다. 표면적으로 이 교훈은 실행하기 쉬운 듯 보이지만 실제로는 오히려 자신의 솔직한 경험을 가볍게 보고 미문의 틀에 자신을 맞추어버리는 쪽이 편히 쓸 수 있는 법이다. '있는 그대로……'라든가 '솔직하게……'라고 누군가가 말해도 어떻게 손을 써볼 도리가 없어 나 혼자 남몰래 발버둥치고 있었던 것 같다. 이 점은 앞에서도 이미 언급해두었다.

그런데 '있는 그대로……', '솔직하게……'라는 경우, 해당 사항이 눈에 보이는 외부 세계의 것인지, 눈에 보이지 않는 내부 세계의 것인지에 따라, 한편으로는 '본 대로……'라는 게 되고 한편에서는 '생각한 대로……'라는 게 된다. 그렇다면 본 대로의 외부란 무엇일까. 생각한 대로의 내부란 무엇일까. 그것을 비교해보도록 하자. 나 스스로도 그다지 센스 있는 표현이라고는 생각되지 않지만 요컨대 본 대로의 세계든 생각한 대로의 세계든 여러 가지 사물의 공간적 병존 상태일 것이다. 앞서 규정 없는 직접성이라 불렀던 것을 새로운 명칭으로 부르는 것이 된다. 하긴 규정 없는 직접성은 사항을 인간의 정신과의 관계 속에서 파악했으나, 공간적 병존 상태 쪽은 인간의 정신에서 벗어나 사항 그 자체에 밀착하여 파악한 것이라는 차이는 있다.

한편 눈에 보이는 세계는 우선 공간적 병존 상태로 나타날 수밖에 없다. 예를 들어 지금 내가 이 원고를 쓰고 있는 방 안을 둘러보면 집필에 사용하고 있는 데스크가 있다. 의자가 있다. 재떨이가 있다. 전기스탠드가 있다. 이것은 형광등이다. 크고 무거운 창문이 있다. 침대가 있다. 그 외에 실로 여러 가지 물건들이 있으며 도저히 다 헤아릴 수조차 없다. 저것도 있다. 이것도 있다. 이러한 전체가 한꺼번에 눈에 들어온다. 이것이 '본 대로'의 세계다. 이 세계를 그저 보고 있는 것이라면 실로 천하태평이겠지만 지금은 보는 것이 일이 아니라 이것을 쓴다는 것이 일이다. 그러나 쓴다는 행위가 시작되면 천하태평일 수는 없다. 왜 안 되느냐에 대해 생각하기에 앞서 '생각한 대로'의 마음속 세계를 엿보도록 하자. 옛날부터 공간적 규정은 물질 특유의 것이므로 마음의 경우 공간적 규정은 해당되지 않는다는 학설이 있지만 내가 문제로 삼고 있는 사항에 대해서라면 공간적 규정 개념을 가지고 와도 무방할 것 같다. 일전부터 지금에 이르기까지 나는 이 호텔의 한 방에서 원고를 쓰고 있다. 지금 나에게는 조금 산책을 하고 싶다는 마음이 있다. 방 안에는 스팀이 나와 따뜻한데 문 밖은 무척 추울 것이다. 감기에 걸리면 곤란하다. 하지만 몸이 근질근질하고 좀이 쑤신다. 어젯밤 좀 더 써뒀으면 좋았을 것이다. 너무 일찍 잤다. 역시 조금 산책을 하고 싶다. 아니, 차라도 좀 마실까. 그러나 벨을 누르는 것은 귀찮다. 그 외에 여러 가지 기분이 내 마음속에 함께 자리하고 있다. 이런 생각도 하고 저런 생각도 하고 여러 가지 생각들이 혼재한다. 이것이 '생각한 대로'의 마음속 세계이다. 이것도 그저 생각하고 있는 것만으로는 아무 문제도 발생하지 않는다. 언제까지든 생각하고 있어도 된다. 하지만 이 세계를 쓴다고 하면 순식간에 문제가 발생한다.

이전부터 철학 세계에는 직관直觀이라는 훌륭한 단어가 있었다. 이것을 직각直覺이라고 부르는 사람도 있고 그런 편이 날카로운 느낌도 들지만 여기서는 직관이라고 부르기로 하겠다. 철학사를 읽으면 알 수 있듯 직관은 지각의 최고의 형식으로 간주되고 있다. 그것은 내외 일체의 진실을 일거에 직접적으로 포착하는 작용으로 파악된다. 지각의 문제를 진지하게 생각하는 인간이라면 누구든 직관을 동경하기 마련이다. 일거에 파악하기 때문에 모든 것을 동시에 전체적으로 포착하게 된다. 직접적으로 파악한다고 되어 있으므로 연습이 혹여 있었다고 해도 귀찮게 논리적으로 따지지 않고 인간이 현실과 즉시 하나가 된다. 이렇게 생각하면 누구든 직관이라는 것을 동경할 것이다. 그러나 철학자들의 글을 읽으면 직관은 정말 대단한 것이지만 현실에서는 좀처럼 행해지지 않았던 것 같다. 있었다고 해도 극히 드문 경우일 것이다. 철학자 자신이 실은 직관에 대한 동경을 말하고 있었을 뿐이다. 오히려 현실에서 행해진 직관이라는 것은 실제로는 내가 말하는 공간적 병존 상태에 가까운 것으로 '본 대로'의 세계, '생각한 대로'의 세계를 말하는 것이었다고 생각한다. 그것이 과연 지식의 최고 형식인지 아닌지는 의문스럽지만, 어쨌든 공간적 병존 상태에서는 전체가, 그것은 그것 나름대로, 일거에 직접적으로 나타나고 있다고 말할 수 있다. 그러나 글을 쓴다는 것은 우리들이 이 자연스런 상태에 머물러 있는 것으로는 불가능하고 또한 불필요하기도 하다. 쓴다는 것은 이 직관을 극복하는 것이다.

글이란 공간의 시간화

직관에서도 공간적 병존 상태에서도 '일거에'와 '직접적으로'라는 점이 중요했다. 그런데 글을 쓸 경우에는 일거에 하는 것이 불가능하며 직접적으로 쓰는 것도 불가능하다. 직접성의 문제는 이전에도 언급했기 때문에 지금은 깊이 들어가지 않겠지만 화가가 그린 꽃이 실재하는 실물의 꽃과 비슷한 데 반해 우리들이 쓰는 '꽃'이라는 단어는 아무리 봐도 실물의 꽃과 비슷하지 않다. 화가나 조각가의 작업과 비교하면 산문가의 작업은 극히 추상적인 것이다. 물론 이 추상성이 언어라고 하는 것의 본질이며(이 추상성 때문에 반대로 언어는 그림으로 그릴 수 없는 것, 형태가 없는 것을 표현할 수 있다는 점에 그 강점이 있다) 언어를 사용하는 인간은 이 본질을 잘 파악하지 않으면 안 된다. 누구나 알고 있듯이, 로고스라는 유명한 그리스어는 언어라는 의미와 논리라는 의미를 가지고 있다. 글을 쓰는 자는 로고스와 손을 잡는 것이 된다. 로고스는 언어로서는 방금 말한 것처럼 추상적인 심벌을 말하며 논리로서는 어떤 일의 사리, 이치를 나타낸다. 언어를 사용하는 인간은 어떤 일의 사리를 이치에 맞게 따지지 않으면 안 되고 어떤 일의 사리를 따지는 사람은 싫든 좋든 언어를 사용해야만 한다. 직접성이라는 것은 일반적으로 언어를 사용하지 않는 것, 논리에 연연해하지 않는 것, 즉 로고스와 손을 떼는 것이다. 이에 반해 글을 쓴다는 것은 로고스와 굳게 손을 잡는다는 것, 즉 언어를 사용하고 논리를 중시한다는 것이다. 언어를 사용하고 논리를 중시하지 않는다면 아무것도 쓸 수 없고 설령 썼다고 해도 타인에게는 이해가 되지 않을 것이다.

일거에, 라는 점으로 옮겨가도록 하자. 이 방 안의 내부를 돌아 보아도 내 마음의 내부를 엿보아도 분명 여러 가지 것들이 단박에 보인다. 공간적 병존 상태인 것이다. 그러나 그것을 한꺼번에 쓴 다는 것은 도저히 상상할 수 없다. 쓴다고 하면 한 글자 한 글자, 단어 하나하나, 구 하나하나를 순서에 입각하여 써가야 한다. 방 에 대한 이야기라면 데스크에 대한 이야기부터 쓰고 다음으로 창 문에 대한 이야기로 옮겨지고 그러고 나서……라는 이야기가 되 고, 내 마음속 풍경에 대한 이야기라면 산책에 대해 쓰기 시작하 여 몸이 근질근질하다는 이야기로 나아가고 그러고 나서……라는 것이 될 것이다. 요컨대 어떤 길이의 시간적 과정 속을 나아가야 한다. 눈으로 보면 한순간이지만 글로 쓰면 다섯 시간, 열 시간, 하루, 열흘, ……얼마나 오래 걸릴 지 알 수 없다. 쓴다는 것은 공 간적 병존 상태에 있는 것을 시간적 계기繼起 상태로 변환하여 집 어넣는 일이다. 공간 속에 잡다하게 늘어서 있는 것을 하나하나 시간의 흐름 속으로 던져 넣는 것이다.

이야기가 여기까지 진전되면 다시금 회화와 비교할 필요가 있 다. 아니, 회화보다 먼저 사진에 대해 언급해두자. 사진가는 파인 더를 통해 풍경을 한 번에 포착한다. 셔터를 누른다. 완성된 작품 들에는 풍경 전체가 드러나 있다. 사람들은 그것을 동일하게 한 번에 본다. 이렇게 사진의 경우는 카메라를 사용하는 사람에게도 작품을 보는 사람에게도 풍경 전체가 한 번에 나타난다. 그러나 회화는 다르다. 화가는 사진가와 달리 풍경이든 인물이든 일거에 그릴 수 없다. 어디부터 그리기 시작하는지는 잘 모르겠지만 어디 든 어떤 부분부터 하나하나 그려나갈 수밖에 없다. 그는 오랜 시간적 과정 속에서 움직여갈 수밖에 없다. 사진가가 '결정적 순간'을 포착하는 것과 다르다. 그러나 긴 시간을 들여 그림이 완성되면 바로 그 순간 회화는 사진과 비슷해진다. 즉 사진과 마찬가지로 그림을 보는 사람에게 전체가 한 번에 보이기 때문이다.

이상을 정리해보면 하나의 극단에 사진이 있고 또 다른 극단에 글이 있으며 양자의 중간에 회화가 있는 것이 된다. 사진으로는 제작자도 향수자享受者도 전체를 한 번에 본다. 회화의 경우 제작자는 끈기 있게 시간적 과정 속을 걸어가지만 향수자는 전체를 한 번에 본다. 그러나 글에서는 제작자도 향수자도 함께 시간적 과정을 걸어가게 된다. 쓰는 인간도 글자 하나하나, 단어 하나하나, 구 하나하나를 써 내려가야 하며 읽는 인간도 마찬가지로 하나하나를 읽어갈 수밖에 없다. 앞서 언급했듯이, 서적의 페이지를 짧은 순간에 넘기고 단숨에 이해해버린다는 것은 이러한 안타까움을 견디기 힘들어하는 독자들의 희망사항이기는 하지만 실제로는 그렇게 되지 않는다. 제작자도 향수자도 진득한 시간적 과정을 조용히 걸어가야만 하기 때문이다.

쓰는 것은 나다

나는 써야 한다. 쓰기 위해서는 처음에 무엇을, 그 다음에 무엇을……라는 식으로 하나하나의 사물을 공간적 병존 상태 속에서 꺼내 올 수밖에 없다. 꺼내기 위해서는 손에 잡히는 대로 마구 꺼내는 것이 아니라 뭔가 순서가 있어야 한다. 이 방 안의 모습을 쓴 경우의 순서를 생각해보자. 예를 들어 이 방 안의 벽이나 마루를 전제로 한 경우이지만 가장 큰 것은 새하얀 침대, 다음으로 큰 것은 무거운 유리 창문, 내가 지금 향해 앉아 있는 데스크…… 등으로 이 방의 여러 가지 물건들을 큰 순서대로 공간적 병존 상태에서 꺼내어 그 순서대로 써가며 시간적 계기 상태로 바꾸어 넣을 수 있다. 크기에 따른 순서라는 것은 '있는 그대로'의 세계에는 존재하지 않는다. 크기라는 척도는 나라는 인간이 내 맘대로 만들어 '있는 그대로'의 세계로 억지로 집어넣은 것이기 때문이다. 그러나 척도는 크기만이 아니다. 예를 들어 큰 창문을 통해 겨울 오후의 햇살이 희미하게 들어오고 있다. 이 빛을 척도로, 혹은 의지 삼아 우리의 행위를 이어갈 수 있다. 이 빛 속에서 침대 옆의 전등갓이 아름답게 빛나고 있다. 그러나 전등갓의 아름다움은 옆 침대가 새하얗기 때문에 더 두드러지게 보이는 것이리라. 하지만 햇살이 약한 탓인지 하늘이 그다지 흐리지 않은데도 이 방에는 군데군데 어둑어둑한 곳이 있다. 그것은……. 이 경우에도 나는 햇살이라는 척도를 만들어 그것으로 방의 내부에 있는 것들을 정리하면서 하나하나 시간적 과정 속으로 옮겨 넣고 있다. 물론 이러한 척도는 '있는 그대로'의 방에서는 알 바 아니다. 내 마음속을 들여다보자. 거기에는 여러 가지 기분이 복잡하게 놓여 있다. 그러나 놓여 있는 채로는 도저히 손을 댈 수가 없다. 거기서 뭔가를 우선 뽑아내야 한다. 선택하기 위한 척도를 만들어내야 한다. 예를 들어 기분의 표면에 나와 있지 않지만, 오히려 외면당하고 있지만, 원고를 반드시 써야 한다는 마음, 이것을 먼저 가져오는 편이 좋을 지도 모른다. 그것을 한가운데 잘 세워놓고 집필이라는 작업에 플러스가 될 만한 기분과 마이너스적인 기분을 나누어 그것을 순서대로 서술의 시간적 과정 속으로 집어넣으면 된다. 원고를 써야 한다는 기분은 '있는 그대로'의 마음에는 분명히 나와 있지 않다. 자명한 것이면서 동시에 애써 생각하고 싶지 않은 것으로 무의식적으로 외면당하고 있다고도 보인다. 그것을 무리하게라도 꺼내 와서 척도로 삼는다. 또한 이러한 순서도 만들어낼 수 있을 것이다. 어제부터 오늘 현재에 이르기까지의 나의 마음이 어떻게 움직였는지, 그것을 떠올리고 기억을 더듬어가며 말 그대로 이것을 시간적 흐름에 따라 포착한다는 방법이다. 어떤 척도를 고를지 고민스러울 때는 의외로 이런 방법이 도움이 될 경우가 있다. 일종의 '검을 빼지 않고 이기는 방법'이다. 앞서 언급했던 이 방의 모습만 해도 가구의 크기나 창문으로부터 비치는 햇살이라는 척도가 마음에 들지 않았다면 가령 자신이 복도에서 문을 열고 이 방으로 들어온다는 경과를 생각해보고 이 시간적 과정 안에서 차례차례 나타나는 순서대로 쓰는 것도 좋을 것이다. 이런 방식이 제법 편리한 까닭은 여러 가지 것들을 경험하는 시간적 과정과 쓸 때의 시간적 과정이 모두 시간적 과정으로 일치하기 때문이다. 즉 공간적 병존 상태가 재빨리 경험의 시간적 과정으로 번역되고 있기 때문이다.

글은 '만들어진 것'이어도 무방하다

이미 이 책 안에서 '작문'이라는 단어를 몇 번이나 써왔다. 솔직히 이 단어를 사용할 때마다 나는 작은 망설임을 느끼는데 그것을 견뎌내지 못할 때는 이 단어를 쓰지 않는다. 초등학교 시절의 기억이 지금도 내 마음 깊숙이 남겨져 있기 때문이다. '……그때 마침 알맞게⋯⋯'를 썼던 5학년 때의 일이었다고 생각한다. 그 무렵에는 문장 연습을 정식으로는 철자법이라 불렸는데 내가 교실에서 무심코 '작문'이라는 단어를 말했던 적이 있다. 딱히 깊이 생각하고 내뱉은 단어는 아니었지만 선생님께서는 이것을 나무라시며 '작문이라니 무슨 소리냐. 작문이라는 것 따위는 있을 수 없다. 문장은 만드는 것이 아니다. 꾸며대는 게 아니란 말이다'라는 의미의 말씀으로 호통을 치셨다. 완전히 위축된 나는 어찌할 바를 몰랐다. '⋯⋯그때 마침 알맞게⋯⋯' 따위의 글을 쓰고 있는 나에게 선생님께서는 화가 나셨던 것이다.

그러나 역시 작문이어도 상관없다고 생각한다. 글이란 자연스럽게 만들어지는 것이 아니라 인간이 의식적으로 만드는 것이다. 글은 인간이 만들지 않으면 존재할 수 없다. 글은 '만들어진 것'이어도 무방하고 오히려 '만들어진 것'이어야 한다. 이 방이 스스로 글을 쓰는 것이 아니다. 내 마음이 스스로 글을 쓰는 것이 아니다. 글은 이러한 것들의 바깥에 있는 정신이 특유의 도구와 방법에 의해 만들어내는 것이다. 그렇게 본다면 소설만이 창작이 아니라 논문 역시 창작이다. 양쪽 모두 작품인 것이다. 그것은 인간의 활동에 의해, 인간의 책임 아래 성립된 것이다. 단 똑같이 창작이라 해도 소설가에게는 픽션이라는 구실이 있기 때문에 내용에 대해 하나하나 책임지지 않아도 된다. 소설에 나온 주인공이 살인죄를 범해도 작자가 법정에 끌려 나오지는 않는다. 책임은 주로 어떻게 쓰느냐, 그 방식에 대해서만 존재한다. 이와 반대로 논문에서는 픽션이라는 핑계를 댈 수 없기 때문에 내용 그 자체에 대해서 책임을 져야 한다. 그 반면 특히 논문에서는 쓰는 방식의 문제가 쓰는 사람에게도 읽는 사람에게도 결과적으로 경시된다. 논문은 사실의 자연스러운 분비물처럼 느껴져 왔다.

'있는 그대로……'라든가 '솔직하게……' 등의 키워드는 '만들어진 것'이라는 관념과 정면으로 충돌한다. 물론 내가 권하는 것은 거짓말을 쓰라는 말이 아니다. 그런 것이 아니라 '있는 그대로……'나 '솔직하게……'만으로 글을 쓸 수 없으며 게다가 이 슬로건이 일본 특유의 자연 존중 태도에 의해 받아들여지고 있다는 점을 우려하고 있는 것이다. 여러 사회, 여러 시대에 대해 생각하면 자연 존중에도 많은 유형이 있겠지만 일본의 경우는 아무래도 각별하다. 일본처럼 '여하튼 저는 야인이니까요……'라는 말을 아무렇지도 않게 하거나 그것을 수용하는 태도가 고정되어 있는 예도 드물 것이다. '야인'이라고 자칭하는 인간의 대부분은 인간의 노력으로 만들어져 온 예의를 무시하고 이런 예의가 허락하지 않을 요구를 들고 나오는 자다. 예의도 무시당해도 괜찮을 경우가 있을 수 있다. 그러나 예의를 무시할 수 있는 특권은 강하고 격한 애정만이 가지고 있다. 애정은커녕 첫 대면인데도 '야인'이라는 이름 아래 제멋대로 행동할 수 있다는 것은 만들어진 것으로서의 예의 깊숙이 있는 자연에 대한 신뢰에 기인한다. 예의에 의해 인위적으로 컨트롤 당했던 행위보다 자신의 욕구를 그대로 드러내며 야인인 척하는 사람 쪽이 신뢰를 받는다. 더러운 변소에서 모기에게 물리는 것도 '자연 그대로의 소박한 정취'가 있다고 한다. 일본의 자연 존중은 '극단적 인위란 겉치레'라는 설과 이어져 있다. 즉 그 어떤 화장보다 민낯이 고귀한 것으로 파악되는 것처럼, 만들어진 것, 인위적인 것, 인간의 노력, 문화, 창조…… 이

러한 것들은 모두 겉치레라는 것이다. 그러나 당연한 말이지만 그 어떤 것도 인위적인 것이 아니면 진보하지 않는다. 자연의 세계에서 진보라는 것은 없으며 진보는 인위적 세계에서만 속한다. 그러나 인위적인 것이 겉치레로 경시되고 있기 때문에 과거로부터 존속되어 온 것, 극복해야만 할 것들이 나타나게 되며 자연이라는 미명 아래 허용되게 된다. 그럴 입장이 아닌데도 오히려 당당하다. 인위적 진보는 겉치레이며 부자연스럽다. 자연스럽지 않으면 일본인들은 안심하지 않는다. 그렇다고 해도 심산유곡에 들어가 거기서 정말 작정을 하고 살 것도 아니다. 그 옛날 승려들은 이를 시도했던 것 같지만 그 후에는 심산유곡의 대용품을 자택 정원에, 음식집 정원에, 모형 정원에, 도코노마床の間(일본식 방 상좌에 바닥을 한 층 높인 곳—편집자 주)에…… 만든다는 식으로, 자연과 가볍게 하나로 융합되는 것을 향수하게 되었다. 최근에는 함석판에 대나무로 된 울타리 형을 떠서 여기에 초록색 페인트칠을 하고 있다. 규모로는 극히 소형이며 이용 방법으로서는 지극히 간편한 것으로, 이런 세계에 일본인의 에너지는 줄곧 이용되어져 왔다. 어떤 외국인이 말했던 것처럼 '일본의 미술가들은 작은 것에서는 위대하지만 위대한 것에서는 작다.' 이것은 미술가들에게만 국한된 이야기는 아닐 것이다. '작은 것'의 바깥으로 한 걸음만 나가면 일본인들은 인간의 힘을 믿을 수 없다. 노력은 하지만 도중에 내던져 버린다. 내던져 버리는 것은 아니다. 자연에 맡기는 것이다. 겉치레 세계를 단념하고 이후의 일체를 자연에 맡긴다. 자연에 의지한다. 그리고 자연은 진보를 모르는 세계다. 자연이라고 안일하게 기대는 것은 세상 어디에도, 어느 시대에도 있었을 것이다. 그러나 '인공착색'

이라고도 번역해야 할 테크니컬러Technicolor라는 단어를 '천연색'이라고 번역해야만 안심할 수 있는, 인간의 힘에 대한 불신에 의거한 자연 존중은 다른 어느 나라에서도 찾기 어렵다. 여하튼 '문화란 걸치레라는 설'에 사로잡혀서는 좀처럼 글을 쓸 수 없다. 자연에 대해 의지하는 것은 결국 어떤 공간적 병존 상태에만 의지하고 안주하려는 것이기 때문이다.

글은 건축물이다

앞서 '만'에 대해 만능선수라고 언급한 적이 있다. 방 안이든 마음속이든 여러 가지 것들이 잡다하게 공간적 병존 상태에 있는 것을 만약 그대로 말로 나타내려고 한다면 아무런 척도도 필요치 않고, 어디서든 닥치는 대로 하나씩 지적하면 된다. A와 B 사이에 어떤 관계가 있든 편리한 '만'을 꺼내든다면 그것이 모든 것들을 이어준다. 그러나 글을 쓴다는 것은 이 공간적 병존 상태에 있는 것들을 의식적으로 시간적 과정 속으로 보내는 작업이다. 공간을 시간으로 고치는 것이다. 공간 안에서는 함께 나란히 있던 C와 D가 시간 안에서는 아무런 인연이 없는 것이 될지도 모른다. 공간에서 시간으로 바뀔 때에는 인간이 만든 척도가 그 기능을 하기 때문에 이것은 당연한 과정일 것이다. 그러나 공간 안에서는 '만'이면 되지만 시간 안에서는 '만'으로는 안 된다. 원래 아무런 시간적 순서도 없이 존재하고 있던 것들을 시간적 순서 속으로 보내는 것이니 만큼 A · B · C · D…… 사이에 새로운 관계가 설정되어야 한다. 인간의 손에 의해 만들어지고 끼워 맞춰져야 한다. 새로운 관계를 만들고 동시에 유지하는 것이 앞서 살펴본, '기에', '음에도', '까닭에', '음에도 불구하고'……라는 일군의 접속조사다. '만'은 극히 느슨하게 연결될 뿐이다. 이에 반해 이러한 것들은 두 번다시 풀리지 않도록 견고하게 연결시킨다. 연결되는 것은 현실의성분인 A·B·C·D……다. 그러나 그와 동시에 문장을 구성하는구이다. 글을 쓴다는 것은 그러한 것들에 의해 하나의 혼돈스러운공간적 병존 상태에 새로운 질서를 부여하는 행위다. 이 질서는인간이 만든 것이기 때문에 당연히 인위적인 것이다. 인위적 질서에 의해 자연적 상태를 다시 옮기는 것이다. 그러나 인위적 질서가 로고스에 적합한 것일 때 이 질서는 현실 그 자체가 몰래 바라고 있던 질서로서 나타난다. 이렇게도 말할 수 있다. 공간적 병존상태에 있던 현실이 인간의 손에 의해 시간적 과정 속으로 던져지고 새로운 인위적 질서를 부여받았을 때 거기서 새로운 현실이 태어나는 것이다. 새로운 진실이라 불러도 좋다. 그저 새로울 뿐 아니라 이것이 진정한 현실, 진정한 진실이다. 유의미한 현실, 유의미한 진실이다. 진정한 현실이나 진실은 인간의 작용을 포함하여비로소 성립된다. 인간의 책임을 포함하여 비로소 성립한다.

A·B·C·D……는 인간의 손에 의해 공간으로부터 벗어나 시간으로 옮겨진다. 시간으로 옮겨진다는 것은 이러한 A·B·C·D……가 구조적 관계에 놓인다는 것이다. 그에 의해 이러한 여러 요소들이 조합되고 하나의 건축물이 된다는 것이다. 별이나 제비꽃과 달리건축물은 인간이 만드는 것이다. A·B·C·D……가 건축물의 여러 요소들이라면 이러한 것들이 접착제 정도의 '만'에 의해서가 아니라 볼트 정도로 강력한 접속사나 접속조사에 의해 견고히 연결

되어야만 할 것이다.

'쓸데없는 보충어'

눈에 보이는 세계에서든 보이지 않는 세계에서든 일본인들은 하나의 장면을 순간적으로 포착하는 능력이 상당한 것 같다. 감이 좋다든가 직관적이라고 불리는 이유다. 하지만 장면과 장면을 연결시켜 전체의 구조를 명확히 파악하는, 아니 명확히 만들어내는 작업에서는 일본인들이 상당히 약하다고 느껴진다. '만'이 애용되는 것은 이러한 일본인의 성격이 작용하고 있기 때문일 것이다. '만'과 비교해볼 때 강한 느낌을 주는 '까닭에'나 '임에도 불구하고' 등은 자연스레 외면당해버린다. 다니자키 준이치로 씨는 다음과 같이 쓰고 있다. '현대의 구어 문장이 고전 문장에 비해 품격이 떨어지고 우아한 맛이 결여되어 있는 중대한 이유 중 하나는 이 〈간격을 두다〉, 〈여백을 남기다〉라는 것을 당대 사람들이 결코 할 수 없는 탓입니다. 그들은 문법적인 구조나 논리 여부를 말하는 데 급급하여 서술에 대해서도 이치를 따지려고 한 결과 문장과 문장 사이가 의미상 이어지지 않으면 납득하지 못합니다. 즉 내가 지금 괄호를 넣어 보충한 것처럼 그러한 여백을 전부 다 채우지 않으면 불안을 느낍니다. 그러므로 〈그러나〉라든가 〈하지만〉이라든가 〈그렇지만〉이라든가 〈그 때문에〉라든가 〈그리하여〉라든가 〈그럼에도 불구하고〉라든가 〈그를 위해서〉라든가 〈그런 까닭으로〉라든가 하는 쓸데없는 보충어가 많아지고 그만큼 중후한 맛이 사라집니다.' 마치 다니자키 준이치로 씨는 나를 적으로 삼아 쓰고 있는 듯하다. 내가 최선을 다해 열변을 토하고 있는 것은 '쓸데없는 보충어'를 적극적으로 사용하자는 말이기 때문이다. 실제로 다니자키 준이치로 씨가 말하는 것처럼 이러한 접속사나 접속조사를 쓸데없이 사용하면 문장은 차츰 읽기 힘들어진다. 물론 읽기 힘들게 하자는 것이 내가 말하고자 하는 요지도 아니다. 자신의 안정된 스타일이 완성되면 '쓸데없는 보충어'를 그다지 사용하지 않고도 분명한 구조를 가진 문장을 쓸 수 있게 되는 것도 사실이다. 그러나 그것은 입문 단계의 문제는 아니다. 게다가 접속을 위한 단어가 필요할지 여부도 일률적으로 정할 수 없다.

1. 예를 들어 다니자키 준이치로 씨의 스타일 자체가 종종 그 전형으로 간주되고 있는데 하나의 구가 많은 단어를 포함하고 하나의 문장이 많은 구를 포함하는 길고 농후한 스타일이라면 '쓸데없는 보충어'를 사용할 필요성은 자연스레 감소된다. 하나의 구나 문장 그 자체기 몇 개나 되는 장면의 연속 관계를 그리기 때문인데 말하자면 접속사나 접속조사가 구나 문장에 내장되게 된다. 그러나 논문의 경우 이러한 스타일은 무척 독자들을 피로하게 만든다. 이에 대해서는 후술하도록 하겠다.

2. 짧은 문장을 많이 쌓아가는 경우가 있다. 첫 번째 문장과 두 번째 문장이 상당한 범위까지 겹쳐지고 두 번째 문장과 세 번째 문장도 상당히 깊게 겹쳐진다는 방식으로 써나가면 이 경우에도 접속사나 접속조사의 필요성은 현저히 감소한다. 그 대신 템포가 무척 느려지고 장황해진다.

3. 그러나 이 문제는 무엇이 쓰여 있는가에 따라 크게 좌우된다. 눈에 보이는 것, 본 적이 있는 것, 바꿔 말하면 독자의 경험

쪽이 발돋움하여 서술을 보완할 수 있는 사항이라면 대부분의 접속사나 접속조사는 '불필요한 보충어'가 될 것이다. 'A는 권총을 B에게 향했다. B는 푹 쓰러졌다.' 이렇게 써도 오독의 위험은 없을 것이다. 'A는 권총을 B에게 향해, 그리고 방아쇠를 당겼다. 그런 까닭에 탄환은 권총으로부터 B를 향해 날아갔다. 그런 다음 탄환은 B의 신체에 명중했다. 그 결과 B는⋯⋯'이라고 만전을 기할 필요가 없다. '그리고'도 '그런 까닭에'도 '그런 다음'도 '그 결과'도 불필요하다. A가 권총을 향한 장면과 B가 푹 쓰러지는 장면, 달랑 두 장의 사진만 있다면 아무런 설명 없이 사람들은 모든 것을 납득한다. 그러나 연구논문에서는 위와 같은 의미로 눈에 보이는 것이나 본 적이 있는 것이 취급되는 경우는 드물다. 그러한 문제라면 일부러 연구논문을 쓸 필요조차 없을 것이다. 앞서 '기린'이라는 아름다운 단어와 비교해서 언급했던 그 X가 일반적으로는 문제다. X를 나타내는 단어는 사용하지만 이 단어에 전통적으로 부여되어 있는 의미나 느낌(통상적으로 그것이 접속사나 접속조사를 뺀 상태로 구나 문장 사이를 암묵적으로 연결하는 역할을 하는 것이다)에 얽매이지 않은 채 오히려 이것을 다 없애버리고 사용해야 한다. 단어 너머로 아른아른 보이는 X, 이것에도 내부적 구조가 있다. 거기에는 너무 깊이 들어가면 안 된다. 왜냐하면 그 구성 요소 하나하나에 명칭이 부여되기 때문이다. 게다가 X가 꼼짝도 하지 않는 경우는 없다. 그것은 움직인다. 변화한다. 물론 내부적 구조가 변화하기 때문이다. 통상적인 의미에서는 눈에 보이지 않는 것, 본 적이 없는 것으로, 그 구조나 운동을 기술하게 되면 독자들은 알아차릴 수 없을 것이다. 이렇게 되면 어쩔 수 없이 '쓸데없는 보충어'를 사용해야만 한다. 오로지 이것만이 의지할 수 있는 경우도 드물지 않다. 이러한 단어를 제거하는 것은 요리사에게서 식칼을 빼앗는 것과 마찬가지이다.

'야채가게 옆은 생선가게고…….'

하나의 단어는 글을 만드는 돌이나 벽돌이다. 그러나 동시에 인간의 손으로 구성된 현실을 만드는 돌이나 벽돌이다. 글은 하나의 건축물이다. 하지만 우리들이 글이라는 건축물을 완성시켜가는 것은 결국 현실이라는 건축물을 만들어내는 것이다. 글이 작성되기 전에 존재하는 현실은 오히려 인간이 유의미한 현실을 만드는 데 사용되는 소재에 지나지 않는다.

글은 건축물이다. 우리들은 건축 자재를 쌓거나 연결시키거나 늘어세위야만 한다. 무엇부터 시작할까. 그것은 논문 테마에 따라 상이하기 때문에 일반화시켜 답할 수는 없다. 단 확실한 것은 먼저 기왓장을 지면에 늘어놓아서는 안 된다는 것이다. 언젠가는 기왓장을 늘어놓아야겠지만 만약 맨 처음 이것을 땅 위에 놓아버리면 그 외에 아무리 재료가 풍부해도 그런 것들은 더 이상 사용할 수 없다.

그러나 자신이 지금 놓으려고 하는 것이 기왓장이라는 것을 알고 있다면 이것을 땅 위에 놓을 사람은 없을 것이다. 땅 위에 놓아버린 것은 기왓장이라는 것을 몰랐기 때문이며 애당초 많은 재료를 이용하여 하나의 건축물을 만들어낸다고 하는 각오가 결여되어 있기 때문이다. 그때는 대로에 쭉 늘어선 가게들을 바라보면서 걷게 되어버린다. 우선 야채가게가 있고 그 옆에 생선가게가 있고 그 옆으로 철물점이 있으며 그 옆에는 사진점이 있고…… 이런 식으로 눈에 보이는 대로, 혹은 생각이 나는 대로 무척 자연스럽게 늘어세워 버리게 된다. 자연스러우면 자연스러울수록 우리들이 마땅히 빠져나와야 할 공간적 병존 상태에 여전히 머물러버리게 된다. 그러나 이러한 순서로 쓰여 있는 글이라도 그것이 글인 이상 쓰는 사람에게도 읽는 사람에게도 시간적 과정 안에서 진행되어야만 한다. 공간에서 시간으로의 번역이 아무런 고안을 거치지 않고 행해지는 것이다. 전환 방식에 대한 특별한 고민 없이 그저 공간에서 시간으로 옮겨지면 읽는 사람은 금방 지루해져 버리고 내용도 잘 이해되지 않는다. 쓰는 당사자도 자기가 무엇을 쓰고 있는지 명료하지 않게 되며 자신이 쓴 글을 빨리 잊어버린다.

하지만 '야채가게 옆은 생선가게고 생선가게 옆은……'이라는 식으로 결국 쓰게 되는 경우가 대부분이다. 나도 그것을 피하고자 노력하지만 그 이외에 달리 방법이 없다고 느끼는 경우가 종종 있다. 그러나 이 방법(이라기보다는 이것은 無방법이다)에 따르면 만사가 끝나버린다는 사실을 알고 있기 때문에 포기하지 않고 괴로운 노력을 계속한 적이 있다. 그러한 경험을 거쳐, 일종의 마음가짐 비슷한 것이 나의 내면에서 완성되어버렸다. 그것은 '야채가게 옆은 생선가게고……'라고 쓸 수밖에 없을 때는 아직 진정으로 쓸 수 있는 단계까지 내가 와 있지 않다는 사실이다. 말하자면 문제에 대한 접근방식이 아직 부족한 것이다. 나는 이렇게 생각하게 되었다. 그렇다면 좀 더 깊이 접근하면 어떻게 될까. 진정으로 깊게 안으로 들어가면 반드시 대립되는 것들이 나타나게 된다. 깊게 안으로 들어간다는 것은 결국 충분히 생각하고 또 생각하는 것이다. 아주 상세히 조사하며 이미 끝났다고 생각했던 작업도 다시금 반복해본다. 어쨌든 깊게 안으로 들어가면 마지막에 가서는 분명 어떤 대립관계가 나타나게 된다. 하얀 것과 검은 것, 아주 큰 것과 아주 작은 것, 고귀한 것과 저속한 것, 적극적인 것과 소극적인 것······ 이렇게 상호 극명하게 대립하는 것이 나타나게 된다. 그것이 나타나지 않을 동안에는 쓰지 말아야 한다. 그러고 나서 정신을 차리고 보면 '야채가게 옆은 생선가게고······'라는 서술 방식은 어딘가로 사라져 버린다. 서술 방식이 사라지기 전에 그러한 현실이 사라진 것이다. 미나모토 씨源氏와 다이라 씨平氏처럼 지극히 대립하는 것이라면 누구라도 드라마틱하게 쓸 수 있다(헤이안 시대 말기 무사계급이 성장하는 과정에서 다이라 씨와 미나모토 씨를 중심으로 양대 무사단이 형성되어 전국적으로 전개된 내전─역자 주). 어떻게 써도 자연스럽게 드라마틱해진다.

한편 명료한 대립관계가 나타나게 되면 다른 한편에서 지금까지 비슷하게 보였던 많은 것들 사이에 미묘한 정도의 차이가 떠오르게 된다. 지금까지는 A도 B도 C도 D도 그다지 구별이 가지 않았지만 큰 대립관계가 파악될 무렵에는 예를 들어 A보다 B는 조금 적극적이고, B보다 C는 조금 더 적극적이고······라는 미묘한 뉘앙스의 차이가 싫어도 보이게 된다. 이러한 대립관계나 정도의 차이도 이쪽에서 문제를 골똘히 응시하고 있으면 그 안에서 나온다. 즉 글 안에서 나오는 것이다. 글은 입체적 구조를 가지게 된다. 공간적 병존 상태에 있던 것이 멋지게 시간적 과정으로 변환되고 거기서 새롭게 입체화된다. 그러나 대립관계든 정도의 차이든 우리들의 정신이 스스로 만들어낸 것으로, 정신이 적극적으로 움직이지 않았다면 그것은 결코 태어날 수 없었다. 그와 동시에 대립관계든 정도의 차이든 실은 현실 그 자체가 정신을 향해 몰래 바라고 있었던 것이다. 현실이 내부에서 바라고 있었던 것이지 정신이 외부로부터 폭력적으로 강요한 것이 아니다. 깊이 들어가야 한다. 대립관계나 정도의 차이가 튀어나올 때까지 깊이 들어가야 한다.

'서론'과 '결론'이란 독립된 작은 건축물이다

'아주 재미있는 이야기가 있는데……'라고 말을 꺼내는 사람이 있다. 실제로 이 이야기가 엄청나게 재미있었을 경우라면 듣는 사람도 배를 끌어안고 웃을 것이다. 이 경우라면 '아주 재미있는 이야기가 있는데……'라고 미리 말해둔 것은 듣는 사람의 내부에 웃을 수 있는 바탕을 마련해두는 효과가 있었던 셈이 된다. 이와 반대로 그 이야기가 제법 재미있었지만 아주 재미있지는 않았을 경우, 듣는 사람은 말한 사람이 상상했던 정도로는 웃지 않을 것이다. '아주 재미있는 이야기가 있는데……'라고 미리 말했기 때문에 오히려 기대에 어긋난 것이다.

미리 어떤 말을 해야 하는가의 어려움은 논문에 있어서 서론이라는 것(그런 명칭이 없어도 상관없다. 어쨌든 첫 부분을 말한다)의 운명처럼 생각된다. 논문 전체가 목표로 하는 것이나 요지를 서론으로 기술하는 습관은 일반적으로 행해지고 있다. 쓰는 사람 입장에서도 서론에 의해 자신이 어떤 글을 쓸지 정해진다는 측면이 있고 읽는 사람의 입장에서도 논문이 자신을 어디로 데려갈지 대충 짐작할 수 있어 안심이 되는 경우가 있다. 이것은 플러스다. 그러나 쓰기 시작하는 단계에서 글을 쓰는 사람은 무척 긴장하기 때문에 자기도 모르게 자칫 목적이나 요지를 꽤 상세히 써버리게 된다. 그것만으로 읽는 사람들은 상세한 청사진을 볼 수 있게 되지만 동시에 신선한 기분으로 내용을 접할 수 없게 된다. 이미 알고 있는 이야기를 다시금 읽게 되는 기분에 빠지기 십상이다. 내용의 신선도가 떨어진다. 그뿐만 아니라 정작 중요한 글을 쓰는 사람조차 서론이 무거워지면 신선한 기분으로 계속 써나갈 수 없게 되는 경우가 있다. 탐정소설의 첫 페이지에서 진짜 범인의 이름을 알아버린다면 읽는 사람도 쓰는 사람도 긴장도가 떨어질 것이다. 문제에 깊이 들어가면 대립의 관계나 정도의 차이가 떠오르게 되기 마련이라고 앞서 언급했다. 그러나 그것을 파악해버리면 누구든지 기뻐져서 이미 서론 단계에서 떠들썩해지기 마련이다. 비밀을 말해버리고 싶어진다. 이것은 첫 번째 페이지에서 진짜 범인의 이름을 밝히는 것과 비슷하다. 내 생각으로는 무거운 서론은 피하고 오히려 스릴 넘치게 쓰기 시작하는 편이 좋다. 조용히 그리고 확실하게 쓰기 시작하는 편이 좋다. 지금은 기하학 초보 부분이니까 말이다.

결론(이라는 명칭이 없어도 어쨌든 마지막 부분을 말한다)에 대해서도 대체로 비슷한 경계를 하는 편이 좋을 것이다. '아직 논할 문제가 많이 남아 있지만 한정된 지면 관계상 유감스럽지만……'이라는 결론만은 반드시 피해야 한다. 또한 꼭 다음 호에 쓸 거라면 얘기가 달라지겠지만, 중요한 문제를 언뜻언뜻 보여주며(그렇게 중요하다면 그것에 대해 썼으면 좋았을 것이다) '다음 기회에……'라고 글을 맺는 것도 보기 그렇다. 글을 쓰는 것은 한방으로 승부하는 것이다. 스릴 있게 시작한 글은 딱 끝나는 편이 좋다. 미처 하지 못한 이야기를 장황하게 늘어놓거나 지금까지 말해왔던 이야기들을 요약해보거나 하는 것은 쓸데없다. 이 말은 결론이 불필요한 본문을 써야 한다는 의미다. 서론도 결론도 없이 스릴 있게 쓰기 시작해서 어느 순간 글을 마쳐야 한다.

그렇지만 서론과 결론이 꼭 필요한 경우도 있을 것이다. 긴 논문에서는 이것은 피할 수 없을지도 모른다. 그럴 경우에는 서론이나 결론을 본론과는 따로 쓰는 편이 좋다. 본론이 큰 건축물, 서론은 작지만 별채의 건축물, 결론 역시 작지만 별채의 건축물이라는 식으로 쓰는 편이 좋다. 환언하면 서론을 쓰고 있는 동안 본론으로 들어가고 본론을 쓰고 있는 동안 결론으로 넘어가는 것이 아니라 본론을 써버린 후 서론 및 결론이라는 두 개의 독립된 작은 건축물을 지어야 할 것이다.

자신의 스타일이 가능하다는 것

『도쿄아사히신문』 '창기병'란에 600자의 단문을 썼던 시절에 대해서는 앞서 조금 거론해두었다. 여러 가지 이유로 처음에는 엄청 고생이 많았지만 몇 회째부터인가는 갑자기 쓰기 쉬워졌던 것이 기억난다. 무척 편하게 쓸 수 있게 되었다. 그러고부터는 무엇을 봐도 무엇을 생각해도 그것이 처음부터 600자 세계에 딱 들어맞게 나타나게 되었다. 600자의 세계이긴 해도 거기에는 하나의 구조가 있어야 한다. 한시漢詩에서 말하는 기승전결이 있어야 한다. 현실이 600자가 되어 나타나는 것은 본 것, 생각한 것이 자연히 그러한 구조를 띠고 나타나게 된 것이다. 공간 안에 있는 것이 재빨리 시간화되어버린다. 자신의 스타일이 가능하다는 말은 이러한 경우를 가리키는 것일까. 아니면 실은 600자만이 아니라 30매든 100매든 어떠한 분량이라도 자유롭게 쓸 수 있는 것이 아니라면 스타일이 가능하다는 말은 칭할 수 없을지도 모른다.

어떠한 의미든 스타일다운 것이 생겨나면 글을 쓰는 고생은 순식간에 감소되며 자기 자신도 신기할 정도로 쉽사리 글을 쓸 수 있게 된다. 이전에 했던 고생이 거짓말처럼 느껴진다. 누구든지 착실하게 문장 공부를 해가면 사람에 따라 속도의 차이는 있겠지만 마침내 이러한 지점에 진입할 수 있다. 그러나 고약스럽게도 스타일이란 일단 한번 생기면 그만이라고 결코 말할 수 없다. 이미 스타일이 만들어지고 상당한 스피드로 멋진 글을 쓰고 있던 사람이 어떤 사정에 의해 스타일을 잃어버리는 경우가 있다. 무엇을 쓰고자 해도 모든 것들이 공간적 병존 상태로 나타날 뿐 거기로부터 벗어날 수 없다. 쓰려고 해도 어찌할 도리가 없다. 이러한 슬럼프는 동서고금의 대가들도 평생에 몇 번인가 만나는 법이다.

새삼 강조할 필요도 없겠지만 스타일이란 단순히 문장뿐 아니라 사유의 스타일을 말한다. 모든 것들이 600자의 틀 안에 딱 맞게 나타난다는 것은 그러한 사유의 틀이 나의 내부에 완성되었다는 말일 것이다. 나는 이때 스타일이라는 규정하기 어려운 단어를 하나의 습관으로 생각하는 편이 낫다고 생각한다. 어떤 사람의 스타일이 만들어진다는 것은 그 사람에게 있어서 사유 및 서술의 어떤 습관이 고정된다는 말이다. 습관이 고정되면 이전에는 의식과 노력에 의해 마침내 달성되었던 일들이 무의식중에 노력 없이 달성되게 된다. 어린 시절에는 자신의 집에 있는 계단을 오를 때도

의식과 노력이 절실히 필요하다. 성장하면서 그 습관이 고정되면 무의식적으로 아무런 노력 없이 이른바 기계적으로 계단을 뛰어서 오르내릴 수 있다. 그리고 반대로 계단 중간에서 자신의 동작을 의식해버리면 자칫 걸려 넘어질 수 있다. 스타일이라는 습관이 완성되면 어느 정도까지 기계적으로 쓸 수 있게 된다. 그러나 자신의 집 계단은 기계적으로 오르내릴 수 있는 성인이라도 이웃집 계단은 한 걸음씩 의식적으로 노력하면서 올라가야 한다. 내려가야 한다. 요컨대 새로운 경험을 만나 습관이(그 전부는 아니라 해도) 쓸모가 없어지게 된다. 어떤 철학자는 말하고 있다. '습관이란 〈열려라 참깨!〉가 아니다.' 즉 완성된 스타일은 편리한 것임에 틀림없으나 그것은 결코 만능이 아니다. 고생 끝에 획득한 사유나 서술 스타일이라도 인간이 질적으로 새로운 현실과 부딪히거나 질이 다른 욕구를 느끼거나 하면 쓸모가 없어진다. 스타일이 무너지고 상실된다. 쓸 수 있을 것 같으면서 도저히 쓸 수 없다. 편히 썼다는 과거가 있었던 만큼 이제 스스로가 쓸모없어진 게 아닐까 하는 생각마저 들게 된다. 자기라는 존재가 다 소모된 듯한 기분에 빠진다.

나도 몇 년에 한 번 정도는 이러한 위기에 빠지곤 했다. 위기는 몇 번이나 있었지만 정말로 자신을 다 소모했다는 기분이 들며 쓰려고 해도 쓸 수 없는 괴로움에 고뇌했던 것은 1948년부터 1950년에 걸쳐서였다. 그 후 히다카 로쿠로日高六郎 씨가 나의 평론집 '해설'에 다음과 같이 썼던 것도 이 시기를 말하고 있다. '요컨대 시대의 흐름과 시미즈 씨의 사상이 일치하는 듯 보였습니다. 그 시기에는 내가 그렇게 생각한 탓인지 오히려 시미즈 씨의 평론에 강인함과 설득력이 상실되었던 것 같습니다.' 실제로 그 무렵에는 괴로웠다. 일반적으로 본다면 전후가 아닌 전전戰前 시대 쪽이 더 괴로웠다고도 할 수 있겠으나 글을 쓰기 시작한 당초부터 언론의 자유가 결핍되어 있었고 그것이 날이 갈수록 한층 심해진다는 조건에 익숙해져 왔던 만큼, 궁지에 몰리게 됨에 따라 한 소절, 한 문장, 아주 조금이라도 어딘가에 자신의 진심을 몰래 담아낸다는 것에 일종의 스릴을 맛보고 있었던 것도 사실이다. 그런데 전후 한 소절, 한 문장뿐 아니라 진심만으로 글 전체를 쓸 수 있게 되자 처음에는 말하고 싶었던 것을 말할 수 있게 되어 엄청나게 글의 상태가 좋았지만 점차 스릴이 없어지게 되었다. 쓰는 것에 대한 긴장감이 없어졌다. 다른 측면으로 생각하면 이 무렵 전후 시대의 '강화조약 문제'가 발생했다는 사실도 중요할 것이다. 전쟁 개시에 임해 무엇 하나 알지 못한 채 단 한마디도 말할 수 없었던 일본인이지만, 전쟁의 종결만은 자신의 지식과 의지를 끝까지 밀고나가며 행하고 싶다. 그렇게 마음을 먹자 이것은 일본인이 처음으로 겪는 경험이기 때문에 '이웃십 계단'은커녕 엄청난 소동이 일어나 버렸다. 여태까지의 사유나 서술 스타일을 녹아웃시키는 사항이다. 그때는 정말로 어찌할 방법이 없었다. 나의 스타일이라는 것이 있었다면 그것은 이 시기에 붕괴되어버렸다. 또한 현재의 나의 스타일이라는 것이 있다면 그것은 '강화조약 문제'에 대한 연구나 이것에 관한 발언 중에서 생겨난 것이다. 그 당시에는 완전히 작문의 기초적인 것으로 고생했다고 기억하고 있다.

VI

맨몸으로 공격해가자

쓰는 것은 관념의 폭발이다

마침내 쓰기 시작하게 되어 종이 위에 첫 글자를 쓴다. 그 순간에 이르기까지 도대체 얼마만큼의 시간이 흘렀을까. 물론 이것은 경우에 따라 다르다. 쓰겠다고 결심하고 나서 그 이후의 준비 기간까지 포함하여 몇 년이나 지난 경우가 있을 것이다. 몇 개월의 경우도 있고 며칠일 경우도 있을 것이다. 불과 몇 시간인 경우조차 있다. 내가 신문 논설위원을 지낼 무렵에는 한편에 세 장 정도의 '사설'이었는데, 오늘은 내가 써야 된다고 결정이 나면 원고를 완성할 때까지 2시간 반 정도의 시간을 얻을 수 있었던 것으로 기억하고 있다. 길든 짧든 준비 기간이 지나 실제로 쓰기 시작하는 순간이 다가오면, 그 순간이 다가옴에 따라 뭐라 말할 수 없는 불안감이 엄습해온다. 과연 잘 쓸 수 있을까. 최선을 다해 준비했고 상당한 자신감이 있는 경우라도 역시 불안하기는 마찬가지다. 반드시 이기기로 정해진 시합이라는 것은 없다. 초조해진다. 기분도 언짢아진다. 누가 말을 걸어도 묵묵히 입을 다문다. 몇 번이고 비누로 손을 씻어본다. 이런 것 따위는 일종의 의식 같은 것으로 그것만으로도 기분이 조금 가다듬어진다. 대부분의 사람들은 뭔가의 의식을 치른다. 헛기침 한 번 정도는 누구든지 할 것이다. 어쨌든 우리들은 무척 불안해지고 기분이 언짢아져 버린다.

그런데 신기하게도 내가 불안해지고 기분이 나빠지고 몹시 초조해져서 입을 다물고 있는 기간에 나와 마찬가지로 글을 써야 할 처지에 있는 사람이 기분 좋게 친구들과 이야기를 나누는 경우가 있다. 누군가를 상대로 논리 정연하게, 매우 설득력 있게, 게다가 이제부터 쓰려고 하는 문제에 대해 이야기를 나누고 있다. 그러한 상태를 보면 진심으로 부러워진다. 하지만 여기서 또 하나 신기한 일이 나타난다. 그것은 때때로 이 달변가가 도저히 글을 쓰지 못하는 예가 있기 때문이다. 그 달변을 그대로 문자화하면 즉각 멋진 글이 완성될 거라 생각되지만 사실은 그리 간단하지 않은 듯하다. 하긴 인간인 이상 정도의 차이는 있다 해도 누구든 신변잡기적인 이야기는 가능한 법이지만, 그 사람이 글을 쓰게 되면 그것은 또 다른 문제가 된다. 이렇게 생각하면 달변가가 글을 잘 쓰지 못해도 이상할 것은 없다. 그러나 지금 막 쓰려고 하는 해당 문제에 대한 달변과 이 문제에 대해 글을 못 쓴다고 하는 사실과의 관계는 여전히 하나의 불가사의라고 말하지 않을 수 없다. 이 점에 대해 나는 두 가지를 생각한다.

1. 누군가를 상대로 해당 문제를 이야기해버렸기 때문에 회화체의 법칙이 문제 그 자체를 규정하게 되었다고도 말할 수 있다. 앞서 살펴본 대로 대화에 있어서는 회화체가 많은 협력자들에 둘러싸여 오히려 이것들과 서로 녹아든 채 혼연일체가 되어 기능하고 있다. 반면 글에서는 문어체가 고립무원, 혼자서 모든 것을 해내야 한다. 대화에서는 눈앞의 상대만 수긍해주면 손이 많이 가는 증명 절차를 생략하고 그대로 그 다음으로 넘어갈 수 있겠지만 글에서는 여러 가지 사고방식을 가진 불특정 다수를 상대로 사항을 일일이 말에 의해 증명해가지 않으면 안 된다. 똑같은 말이라 해도 이야기하는 것과 쓰는 것은 언어의 기능이 전혀 다르다. 그러나 그것만이라면 아직 대단치 않다. 그것보다 대화에서 활발히 표현해버리면 회화체에 의한 문제 처리가 이른바 하나의 골을 만들

고 정신이 그곳으로 흘러들어 가게 된다는 점이 중요하다. 이 골로 흘러가면서 문제는 처리되지만 그것은 어디까지나 회화체에 의한 처리이다. 이 골로 흘러가 버리면 이야기할 수는 있지만 쓸 수 없다. 쓰기 위해서는 정신이 이 골로부터 빠져나와야 한다. 아니 이 골을 부수지 않으면 안 된다. 그러나 정신이 만들어낸 공간을 파괴하는 것은 길가의 도랑을 파괴하는 것보다 어렵다.

2. 폭발은 몇 번이라도 가능할까 하는 문제가 있다. 아무리 짧은 글이라도 이것을 써낸다고 하는 것은 여러 가지 관념이 쌓여진 결과 발생한 하나의 폭발이다. 이런 의미에서도 글은 단 한 번의 승부다. 글은 하나의 폭발이다. 하지만 일관된 논지로 친구와 이야기를 나눈다는 것 역시 하나의 폭발이다. 능숙한 말솜씨로, 정열적으로 이야기해서 일단 폭발해버리면 똑같은 문제를 다시금 문장이라는 형식으로 폭발시키려 해도 상당히 무리일 것이다. 어떠한 형식이든 폭발은 한 번밖에 일어날 수 없는 것이 보통이다. 그러나 이것도 무조건이라고는 말할 수 없다. 왜냐하면 이야기를 나누는 방식에 의한 폭발이 단 한 번이라고도 단정할 수 없기 때문이다. 이야기를 나누는 데에는 상대가 필요한데 상대는 동일인물이라고는 한정할 수 없다. 어떤 사람은 친구 A를 향해 이야기를 나누면서 관념의 폭발을 일으킨 다음 날 친구 B를 향해 말하다가 같은 폭발을 일으킬 수 있다. 그뿐만 아니라 첫 번째보다 두 번째가 효과적인 폭발일 경우가 많다. 상대방이 바뀌면 세 번째, 네 번째……로 폭발을 반복하는 것도 가능하다. 하지만 폭발이 거듭될수록 회화체의 스타일이 고정되고 정신의 골이 깊게 파여져 버린다. 그리고 그만큼 문장에 의한 폭발 가능성은 감소한다.

이와 반대로 문어체의 경우에는 이전에 썼던 글과 비슷한 내용을 쓰는 것은 무척 고통스럽다. 간단한 퇴고라면 얘기가 다르지만 글 중에서 두 번째의 폭발은 불가능하다고 생각하는 편이 빠를 것이다. 나처럼 실질적인 문제에 대해 평론을 쓰는 일을 직업으로 하고 있으면 이런 점에서 끊임없이 고통스러워하지 않을 수 없다. 예를 들어 일본의 평화 문제 하나만 거론해도 현실의 조건은 좀처럼 변하지 않는다. 따라서 나는 같은 주장을 몇 번이고 반복해야 한다. 그것은 현실의 조건이 변화하지 않기 때문에 필요하기도 하고 모든 독자들이 나의 모든 평론을 읽은 것은 아니기 때문에 필요하기도 한데 같은 취지의 글을 두 번째로 쓰게 되면 적어도 나는 전혀 선뜻 그런 기분이 들지 않는다. 좀처럼 폭발이 일어나지 않는다. 몇 년간이나 같은 주장을 계속해오고 있어도 그때마다 자기 자신을 무리하게라도 격분시킬, 폭발을 일으키기 쉽게 만들 새로운 각도를 찾기 위해 엄청난 노력을 해야만 한다. 이야기를 나눈다는 평면에서는 몇 번인가의 폭발이 가능하지만 쓴다는 평면의 경우 진정한 폭발은 단 한 번밖에 없다고 보는 편이 안전하다.

괴테는 은밀히 준비했다

글을 쓰려고 생각한다면 그 문제에 대해 이야기를 나누는 것은 경계해야 한다. 일찍부터 나는 그렇게 생각해왔다. 그러나 그와 동시에 천재는 다를 것이라고도 생각해왔다. 천재란 여러 가지 표현 방법을 자유자재로 구사할 수 있는 사람으로 누군가와 이야기를 나누면서 멋지게 표현할 수도 있고 쓰면서 훌륭히 표현할 수도 있을 뿐만 아니라 그림에 의해서도 표현할 수 있는 그런 인간일 것이다. 하지만 많은 표현 수단, 많은 폭발 방법을 가지지 못한 나 같은 사람들은 쓰고자 한다면 누군가와 이야기를 나누는 것에 대해서는 신중해야 한다. 이처럼 믿어왔다.

그러나 천재의 생활에 대해 몇 가지 알게 되자 천재는 천재 나름대로 이러한 문제에서는 엄청나게 신중한 것 같다. 그런 의미에서 토마스 만Thomas Mann(1875년~1955년)이 1932년 괴테 백년기념축제에서 시도한 강연 '저술가로서의 괴테의 생애Geothes Laufbahnals Schriftsteller'는 흥미로웠다. 이 강연은 1832년 3월 22일, 괴테가 글을 쓰면서 죽어갔다는 이야기에서 시작되고 있다. 마지막 순간까지 괴테는 자신의 마음속에 있는 것을 정신적 결정체로 높이고자 노력하고 있었다. 그렇다면 글을 쓰면서 죽은 괴테는 어떤 사람으로 태어났을까. 괴테 자신은 이렇게 말하고 있다. '원래부터 나는 저술가로서 태어났다. 뭔가를 내가 생각한 대로 잘 썼다고 할 때만큼 나에게 순수한 기쁨을 준 것은 없다.' 괴테는 쓰기 위해 태어났고 쓰면서 죽어갔다. '쓴다는 것은 치유하기 어려운 병이다.' 그런 괴테가 다음과 같이 말하고 있다. '문학상文學上의 플랜에 대해 내가 생각하고 있는 것을 누군가와 이야기한다는 것은 정말이지 나의 성격에 반하는 것이었다. 뭐든지 살짝 내 안에 담아두었기 때문에 그것이 완성되어버릴 때까지는 일반적으로 그 누구도 눈치채지 못했다.' '뭔가를 쓰려고 생각한다면 결코 누구에게도 물어봐서는 안 된다.' 이러한 괴테의 태도는 무희의 춤으로 유명한 프랑스 화가 드가(1834년~1917년)의 말 속에 요약되고 있다. 드가는 말하고 있다. '그림을 그릴 때의 기분은 범죄자가 그 행위를 행할 때의 기분과 똑같지 않으면 안 된다.' 글을 쓰는 사람도 범죄자와 비슷하다. 쓴다고 하는 범행을 기도하는 자는 큰일을 비밀스럽게 준비해야 한다.

범죄자가 벙어리일 필요는 없다. 타인과 이야기를 나눠야 하고 특히 타인에게 물어야 한다. 하지만 자신이 쓰고자 하는 문제는 주의 깊게 피하는 것이 현명하다. 그에 대해 타인의 의견을 듣는 것은 유리하기는 하지만 잘못하여 자신의 관념이 거기서 폭발해버리는 일이 있어서는 안 된다. 이야기를 나누는 것도 묻는 것도 다음번으로 미룬다. 문어체에 의한 단 한 번의 폭발을 향해 은밀히 준비해야 한다. 누가 물어도 애매한 대답을 해둘 뿐이다. 문장을 쓰고자 한다면 조금 이기적인 편이 좋을 듯하다.

그러나 이런 것들도 나처럼 에너지가 부족한 인간 유형에게 해당되는 말로 세상에는 여러 인간 유형이 있기 때문에 모든 독자들이 범죄자가 될 필요는 없다. 내 친구 중에도 글을 쓰기 전에 앞으로 쓰고자 하는 내용을 막힘없이 술술 이야기해주는 친구가 있는데 그는 유창하게 이야기하고 결국 유창하게 쓴다. 이러한 예를 보면 이야기한다는 방법으로 폭발이 행해졌다 해서 글을 쓰는 쪽의 폭발이 불가능해진다고도 볼 수 없다. 오히려 누군가와 이야기를 나누며 쓰기 위한 밑바탕을 준비하는 것처럼도 보인다. 그리고 또 다른 친구의 경우를 살펴보면 최대한 많은 상대방에게 자신의 이야기를 말하고 상대방으로부터 반대 의견을 유도하는 듯한 태도를 취한다. 이에 낚여서 상대방이 뭔가 반대 의견을 말하기 시작한다. 이것은 이미 올가미에 걸린 것이다. 그러면 친구는 이 반대 의견에 대해 최선을 다해 반박한다. 여러 상대를 향해 비슷한 일을 시도해보고 나서 그는 마침내 쓰기 시작한다. 이 친구의 글을 읽으면 여러 상대방들이 진술했던 반대 의견이 친구의 손에 요리되어지고 그의 글을 구성하는 요소가 되고 있음을 알 수 있다. 이것도 엄청나게 이기적이다. 물론 이러한 방법도 만인에게 권할 수 있다고는 생각하지 않는다. 누군가에게 이야기를 하는 동안 관념의 사전 폭발이 일어나 모든 것이 다 사라져 버리는 경우도 있을 것이고 반대로 상대방에게 설득당해 자신감을 상실해버릴 수도 있다. 요컨대 여러 유형의 사람들이 있고 여러 가지 방법이 있다. 자신이 어떠한 유형의 인간인지, 어떠한 방법이 자신에게 적절한지, 이것은 문장 수업을 하는 과정에서 잘 확인해둘 문제이다.

자신은 어디를 공격하고 있는가

하지만 글을 쓰려고 할 때 느끼는 불안감 중에는 스스로가 고립되어 있는 게 아닐까 하는 생각도 포함되어 있다. 천재나 예술가의 경우라면 다를지도 모르지만 내 경우는 이런 의문에서 쉽사리 벗어날 수 없다. 말할 것도 없이 글을 쓴다는 것은 자신을 주장하는 행위다. 제시된 현실을 자신이라는 존재를 통해 재구성하는 행위라고 할 수 있다. 자신의, 자신만의 행위다. 글에는 강하게 개인적인 측면이 있다고 말할 수 있다. 그러나 그 반면 특정한 개인에게 보낸 편지와 달리, 글은 널리 불특정 다수에 의해 읽혀진다. 그것은 사회 속으로 나가지 않으면 안 된다. 글은 사회 속에서 활동하고 거기서 평가를 받아야 한다. 그렇게 생각하면 누구든지 이따위 글을 써서 웃음거리가 되지는 않을까, 몰상식하다고 비난받지는 않을까, 평범하다고 무시되지는 않을까…… 하는 걱정을 할 것이다. 이것은 건강한 근심이다. 글에는 범죄와도 통하는 지극히 개인적인 성격과 화폐와도 비슷한 사회성이 있다. 그것은 자기 혼자 쓰는 것이지만 사회 속에서 통용되어야 한다. 그러나 진정으로 사회에 통용될 것인가. 논문의 테마가 뭔가에 따라 어떻게 주의해야 하는가도 자연스럽게 상이할 터이기 때문에 일률적으로 잘라 말할 수는 없지만 다음의 두 가지 점은 놓쳐서는 안 된다.

1. 해당 문제에 대해 이미 여러 학설이 있기 마련이다. 주요한 학설은 그것을 채용할까 아닐까와 상관없이 필히 알아야 하며 학설 간에는 상호 비판이 반드시 있기 때문에 각각의 논점을 알고 있어야 한다. 이러한 방면에서 상식이 없으면 안 된다. 설령 기존 학설을 모두 부정한다고 해도 그 대략적인 내용을 파악한 후에 비판을 행해야 한다.

2. 사회에는 반드시 실질적인 문제가 있다. 어느 시대에도 사람들의 관심을 모으고 있는 실질적인 문제가 있으며 그것에 대해 여러 가지 세력이나 의견들이 서로 싸우고 있기 마련이다. 이러한 상황은 잘 파악해두는 편이 좋다. 그것은 세간의 주의를 끄는 문제에 대해서만 발언해야 한다는 의미는 아니다. 자신의 글이 아무리 실질적이지 않아도 결국에는 거기서 읽혀지고 어떤 역할을 할 것이므로 이러한 상황 구조는 알아둘 필요가 있다는 의미다.

위의 두 가지 점에 어느 정도 신경을 쓰려고 한다면, 여러 가지 책을 읽어야 하고 여러 가지 사항에 대해 생각해두어야 한다. 이 것을 행하면 우리들은 실로 많은 지식을 가지게 된다. 우리들은 많은 것들을 알고 있다. 하지만 이렇게 안 것에 대해 쓸 수는 없다. 쓸 수도 없고 쓸 필요도 없다. 그 대부분은 우리들이 쓰는 문장의 배경이 되는 법이다. 알고 있는 것이 100이라도 쓰는 것은 2나 3 정도로 남은 97이나 98은 우리들이 쓸 때의 불안감을 안정시켜주는 역할을 하면 충분하다. 하지만 쓰인 2나 3에는 쓰이지 못했던 97이나 98의 두께가 생겨난다. 알지 못했다면 몰상식한 것이 되고 알고 있는 것을 쓰면 상식적이 된다.

글에는 공격하는 면과 지키는 면이 있다. 글을 쓸 때 우리들은 공격과 수비라는 두 가지 활동을 한다. 말할 것도 없이 공격이란 자신의 의견이나 발언을 주장하는 측면이다. 자신만이 사회를 향해 행하는 것이며 자신만이 행하는 것이기 때문에 더더욱 글을 쓴다는 긴장감도 있다. 그리고 이 측면에서는 자신의 관념이 글로 대폭발을 거두기 위해서 사전의 소폭발이 일어나지 않도록 주의해야 한다. 이에 비해 수비란 자신의 의견이나 발언이 학설적으로나 사회적으로 고립되지 않도록 단단히 설 수 있는 바탕을 마련하는 작업이다. 이것이 부족하면, 혹은 부족하다고 느껴지면 사회를 향해 나아갈 자신이 생겨나지 않는다. 공격하는 쪽이 개인적인 측면이라면 수비하는 쪽은 사회적 측면이다. 이 측면에서는 친구와 서로 이야기를 나누는 것도, 책에서 확인하는 것도 필요하다. 그러나 서술 그 자체로는 이 측면이 배경에 물러서고 문자화되지 않는 경우가 많다. 경우에 따라 하나의 논문에서 공격하는 측면과 수비하는 측면의 비중이 각각 상이할 것이다. 공격이 주고 수비가 종일 경우도 있고 그와 반대의 경우도 있을 것이다. 하지만 두 가지 측면이 있다는 사실을 염두에 두어야만 한다. 글을 쓸 때 자신은 어디를 공격하고 있는가. 어디에 자신의 의견이나 발견이 있는가.

그것을 알아야만 한다. 왜냐하면 멍하니 있다가는 그저 수비만 하고 있는 것이 되어 전혀 공격을 못하는 글을 써버리기 때문이다.

인용에 대한 여러 가지 문제

1949년 여름 나는 '인용구의 행방'이라는, 스스로가 생각해도 뒷맛이 개운치 않은 글을 쓴 적이 있다. 그 첫 부분을 인용해보자.

'전쟁이 끝나고 오늘에 이르기까지 나는 몇 번이나 강연을 했는지 모른다. 억지로 끌려간 경우도 있고 나 스스로 자진하여 나간 경우도 있었다. 하지만 요즈음에는 강연에도 완전히 질려버렸다. 긴장감이 없어져 버렸다. 모든 약속이 너무 확실히 정해져 있는 형국이라 강연의 재미라는 것이 전혀 느껴지지 않게 되었다. 하지만 오히려 그렇게 말하고 싶은 사람은 나보다는 청중 쪽일지도 모른다. 전쟁 직후에는 어디로 이야기를 하러 가도 모두들 열심히 필기해주었다. 필기하는 것 자체가 좋은지 나쁜지는 일단 차치하고 생각해보더라도 어떤 의미에서 이것은 열의의 척도로서 그 역할을 한다.

요즘에는 대부분 필기를 하지 않은 채 한 귀로 듣고 한 귀로 흘려보내며 듣고 있다. 심지어 졸고 있는 듯한 사람이 보일 때도 있다. 바로 그 간단한 척도를 끄집어낸다면 이것은 열의가 상실된 증거일지도 모르고 이 2년 반을 통해 청중의 지식이 일반적으로 풍부해진 결과라고도 볼 수 있다. 하지만 만약 내가 "듀이Dewey는 이 문제에 대해 다음과 같이 말하고 있습니다……"라고 말을 꺼내기 시작하면 청중들은 그야말로 전기에 감전된 것처럼 일순간 긴장한다. 깊은 졸음에서 깬 듯하다. 모두들 연필에 침을 묻히고 필기 준비를 시작한다. 그렇게 되면 말하는 나도 인용구를 두 번 정도 반복해서 읽어주게 된다. 그것이 끝나면 다시금 조용한 졸음이 찾아온다. 그 졸음은 "예를 들어 마르크스의 지적에 의하면……" 이 시작되기 전까지 계속된다.

다른 사람들로 하여금 내 이야기를 열심히 듣게 하기 위해서라면 듀이, 마르크스, 발레리 등 권위 있는 이름으로, 혹은 권위 있는 언어로 말하는 수밖에 없다. 내가 나 자신의 말로서 이야기하는 한, 자고 있는 듯한 청중에게 만족해야만 한다. 청중 입장에서 말하자면 내 말은 권위 있는 말에 마침내 다다를 때까지 참고 통과해야만 할, 도중에 있는 지루한 풍경이며 눈을 감고 있든 무엇을 하고 있든 목적지를 지나치지만 않으면 되는 것이다.'

이 글은 쓴 장본인인 나에게도 유쾌하지 않은 글이다. 여기에 쓴 것은 내가 몇 번이고 경험했던 사실임에 틀림없지만 아무래도 심보가 나쁜 듯하다. 그것은 인용구 문제에는 상당히 복잡한 사정이 있는데도 내가 그것을 잘라내 버리고 있기 때문이다. 그래서 불쾌한 말들은 생략하고 인용구의 용도에 대해 약간 거론해두도록 하겠다.

1. 인용구는 사상의 소유권을 분명히 하기 위해 사용하는 경우가 많다. 그것이 누구의 것인지가 널리 알려져 있는 경우 일부러 소유권을 명확히 하는 것은 불필요하고 그 원전의 페이지 번호까지 거론하기에 이르면 지나친 인상을 준다. 마르크스 및 엥겔스의 『공산당선언』 첫머리에 나온 한 구절, '지금까지의 모든 사회 역사는 계급투쟁의 역사다.' 이런 부분 정도라면 이미 만인이 공유하고 있는 것으로 봐야 할 것이다. 그러나 소유권이 널리 알려지지 않아 아무 말도 하지 않으면 몰래 자신의 소유물이 될 수 있는 경

우, 그 본래의 소유권을 명확히 해두는 것은 조금 괴로운 일일지도 모르지만, 분명히 해두는 편이 도덕적일 것이다.

2. 그런데 소유권이 널리 알려지지 않아 아무 말도 하지 않으면 몰래 자신의 소유물이 될 수 있는 경우, 그 출전을 명확히 해두면 (여기부터 인용구 문제의 복잡한 사정이 시작된다) 자신이 엄청난 공부를 하고 있는 것을 입증할 수 있기 마련이다. 그 인용구에 의해 아무도 읽지 않는 문헌을 읽고 있다는 사실이나 널리 알려진 문헌이지만 실로 면밀히 읽고 있었다는 사실이 분명해진다. 요컨대 도덕적인 것을 통해 이익을 얻을 수 있다. 이러한 사정도 있어서 졸업논문이나 학위논문처럼 통상 오리지널한 주장보다도 착실하게 공부하고 있는 모습을 입증하기 위해 쓰인 논문에서는 아무래도 인용구가 무척 많아져 버린다. 공격할 요소가 적어지고 막을 요소가 많아진다. 이 점은 외국 여러 나라에서도 마찬가지다.

3. 외국 여러 나라에서도 마찬가지라 해도 독일 학생이 독일 문헌에서 인용하는 것과 일본 학생이 독일 문헌에서 인용하는 것과는 사정이 상당히 다르다. 독일 학생이 시도해봤자 공부를 한 것에 대한 특별한 증거는 되지 못할 지라도 일본 학생이 시도하면 당연히 높은 평가를 받을 것이다. 그 때문에 혹은 그것을 노리고 외국 문헌에 대해서는 일본 쪽이 쓸데없이 인용하고 있는 듯하다. 일본 문헌에서 인용해도 좋을 텐데 굳이 외국 문헌에서 인용하는 예가 많다. 일본인이 쓴 저서를 사용해도 그 저서 자체가 외국 문헌으로부터의 인용을 엄청 포함하고 있는 경우가 있는데, 대부분의 학문에서는 본점이 서양에 있다는 사실 혹은 의식이 있기 때문에 자연히 이러한 결과가 발생하는 것이다.

4. authority라는 단어는 한편으로는 출전이나 전거典據를 의미하고 다른 한편으로는 권위를 의미한다. 권위 있다고 인정되는 학자나 사상가들로부터 인용하면 그 권위를 자신의 문장에 빌려올 수 있다. 실은 스스로 직접 증명해야 할 사항이라도 권위자의 한마디를 인용함으로써 스스로를 증명의 의무로부터 재빨리 해방시켜버린다. 이것은 대화에서 상대방이 수긍한 바로 그 순간 증명의 의무에서 해방되어버리는 것과 비슷한데 어지간히 자명한 문제가 아닌 한 이러한 방법은 피하는 편이 좋다고 생각한다. 자명하다면 인용구는 불필요하며 이런 상태로라면 공격을 하는 듯이 보이지만 실은 조금도 공격을 하지 않는 것이다. 하나의 인용구가 없어도 직접 증명하는, 스스로 공격하는 자세가 필수불가결하다. 그러한 착실한 노력을 하는 도중에 만약 누군가의 한마디를 빌린다면 그때는 인용구도 예리함을 더할 수 있고 자신의 서술도 살아난다. 애당초 이러한 주체적 조건이 갖추어져 있지 않다면 직질한 인용은 불가능한 법이다.

5. 그러나 권위가 단순히 학문적이나 사상적인 것이 아니라 정치적인 것이 되면, 즉 권위라고 하기보다는 권력에 가까운 것이 되면 사태는 병적이 된다. 루카치György Lukács(헝가리의 철학자, 미학자—편집자 주)가 '사상적 자서전'(이와나미 강좌岩波講座 『현대사상現代思想』 별권, 1957년)에서 스탈린주의 아래에서의 학문에 대해 언급하고 있는 것은 인용의 병적인 케이스다. '문제는 스탈린의 정신적 지배가 공고한 것이 되고 개인숭배로 응고됨에 따라 마르크스주의 연구가 일반에게 〈궁극적 진리〉의 해석, 적용, 보급으로 타락해갔다는 점에 있다. 지배적 학설에 의하면 인생의 문제든 학문적 문제든 모든 문제에

대한 해답은 마르크스 및 엥겔스의 저작 안에, 특히 스탈린의 저작 안에 펼쳐져 있다는 것이었다. ……논해지는 문제에 응해 스탈린으로부터의 적절한 인용구를 발견해내는 것이 될 수밖에 없었다. "사상이란 무엇인가"하고 일찍이 독일의 어떤 동지가 말했다. "사상이란 인용구 사이의 통합을 말한다"…….' 독일어로 인용구를 Zitat라고 한다. 루카치는 당시의 학문이나 사상이 Zitatologie로 타락했다고 말하고 있다. Zitatologie란 사전에는 보이지 않는 단어로 가령 '인용학'이라고도 번역할 수 있을 것이다. 이러한 상황 아래서는 인용구로 몸을 보호할 수밖에 없었던 것이다. 공격할 요소를 글 안에서 찾아도 소용없었을 것이다.

맨몸이 되어 쓰자

'어떤 일에 대해서도 괴테는 시간이 걸렸다'고 토마스 만은 말하고 있다. 괴테의 작품은 긴 시간에 걸쳐 식물처럼 성장한 것이라고도 말하고 있다. 나는 글이란 것을 기계로 간주하거나 건축물에 비교하거나 폭발을 운운하거나 어쨌든 무기적인 것으로 파악해왔지만, 오히려 이것을 유기적인 것으로 보는 편이 상식적일 것이다. 괴테는 시간이라는 것을 믿고 시간에 맡길 수 있었다. 이 시간 속에서 성장, 성숙, 발효가 행해졌던 것이다. 이에 반해 쉴러 Friedrich Schiller(독일의 시인, 극작가―편집자 주)는 시간이라는 것을 믿지 않는다. 시간에 맡길 수 없다. '고뇌의 한 순간'이라는 토마스 만의 단편(이와나미 문고 『토마스 만 단편집』 II)은 쉴러에게 있어서의 쓴다는 것의 괴로움을 잘 묘사하고 있다.

그러나 나는 생각해보았다. 시간을 믿든 믿지 않든, 맨 처음 한 글자를 쓸 때까지는 모든 것을 버려버리는 단계가 있는 것 같다. 이것은 성장이라는 관념과 조화하기 어렵게 보이지만 모든 것을 버리는 것은 진정한 성장 과정에 있어서 필수 불가결한 것처럼 생각된다.

넓게 읽고 깊이 생각해간다면 아주 많은 관념들이 머릿속을 가득 메워버릴 것이다. 머릿속에서 꿈틀거리는 수많은 관념들 가운데에는 공격하는 데 적합한 것도 있고 수비하는 데 도움이 될 만한 것도 있다. 그러나 이 관념은 공격용이고 저 관념은 방어용이라는 식으로 분명히 나눠져 있지 않으며 대부분 애매하게 서로 얽혀 하나의 혼돈스런 형태를 만드는 것이 보통이다. 알고 있는 것들은 산더미 같지만 과연 어떻게 써야 좋을지 알 수 없다. 어디부터 손을 대야 좋을지 도무지 짐작할 수 없다. 당장이라도 쓸 수 있을 것 같으면서도 도저히 맨 처음 한 빗자국을 뗄 수 없다. 쓸 준비를 하고 있을 동안 이러한 시기가 한 번은 찾아온다. 준비에서 집필로 여유롭게 미끄러져 들어가는 경우도 있지만 그렇게 가지 않는 경우가 오히려 많다. 이 시기는 성장의 결과로 찾아온 것임에 틀림없지만 이 고비를 빠져나가지 않으면 글은 쓸 수 없다. 이런 상황으로 내몰릴 때마다 나는 '일체 방하放下'라는 옛날 말이 떠오른다. 어린 시절 이 단어를 기억한 후 내 나름대로 모든 것을 내려놓아 버린다는 의미로 해석하고 있다. 모든 것을 내던지지 않으면 그 X가 보이지 않기 때문이다. 공격용인지 방어용인지 모르지만 수많은 관념은 단어에 제 몸을 맡기고, 심지어 권위 있는 저자의 말로서 나타나는 경우가 많다. 내가 X를 보려고 할 때 나는 권위 있는 단어와 거리를 두고 X를 보게 되기 쉽다. 이 단어가 없었다면 나는 X에 대해 알아차리지 못했을 경우도 있을 것이다. 그러나 그 단어가 엄청난 권위를 띠고 나와 X 사이에 솟구쳐 있다면 내가 자신의 눈으로 X를 보는 것은 불가능하다. 애석하게도 권위 있는 단어는 종종 외국어이다. 외국어에는 일본어에는 보이지 않는 어떤 신선한 느낌이 있다. 그러나 이 느낌은 이 외국어를 모국어로 하는 사람들은 알 수 없는, 일본인에게만 존재하는 느낌이다. 권위 있는 단어를 통해서 X를 보고 있으면 무언가 알 수 없는 느낌이 어느새 X에 침투하여 이 느낌을 의지하여 X에 대해 쓰게 된다. 단어가 다니자키 준이치로 씨에게 있어서의 '기린'과 비슷해지고 만다. 우리들은 시인과 비슷해져 버린다. 이것은 위험한 일이다. 그러므로 아무래도 모든 것을 내려놓는다는 상태가 절대적으로 필요하다.

모든 것을 버리고 맨몸이 되어야 한다. 권위 있는 단어를 버렸기 때문에 X가 보이지 않게 되었다면 보이지 않게 되어도 상관없다. 맘대로 해라. 그러나 권위 있는 단어를 버린 후에 여전히 뭔가 남는 것이 있다면 그 남은 것으로 승부하자. 맨몸이 된다는 것은 자신만이 남는다는 말이다. 자신만은 버리지 않는다는 것이다. 웃음거리가 되어도 가벼운 취급을 당해도 자신이 하고 싶은 말만을 하자. 내 편이 한 사람도 없어도 나 혼자서 공격해가자. 솔직히 쓰라든가 있는 그대로 적으라는 교훈은 이런 의미에서 도움이 될 만한 것이다.

모든 것을 버리고자 결심하면 글 안에서 공격할 부분이 명확해진다. 글에서 무엇이 가장 중요한지 알 수 있다. 물론 모든 것을 버려도 착실한 공부로 획득한 지식이 한꺼번에 거짓말처럼 사라지지는 않을 것이다. 오히려 모든 것들을 버린 순간 글에서 가장 핵심적인 부분, 그 굵은 뼈대가 생겨난다. 생선의 경우 몸통 한가운데를 굵은 뼈대가 관통하고 거기서 분화된 좀 더 가는 뼈대, 그리고 자잘한 가시들로 나뉘어 있다. 모든 것들을 내려놓은 후에 굵은 뼈대가 남는다. 아니, 굵은 뼈대를 발견하기 위해서는 모든 것들을 내려놓을 필요가 있는 것이다. 굵은 뼈대가 완성되면 공부했던 성과가 이번에는 가는 뼈대나 자잘한 가시로서 도움을 준다. 그것이 행해지기 전까지는 무엇이 굵은 뼈대인지 무엇이 잔가시인지 애매하다. 쓰는 본인은 명확하다고 생각해도 어쨌든 권위 있는 인용구라는 잔가시가 중심에 놓인다. 견고한 굵은 뼈대가 없는 글은 좋지 않다. 공부 끝에 모든 것들을 버리고 굵은 뼈대만 남겼을 때 사방에서 잔가시들이 도와주러 와주는 것이다. 그러나 반짝반짝 빛나는 인용구라는 잔가시만 많고 어디에 굵은 뼈대가 있는지 명확하지 않은 글을 종종 발견한다. 잔뼈나 잔가시가 외국 문헌에서 인용한 인용문이라면 굵은 뼈대가 없어도, 어디를 공격하고 있는지 몰라도, 일본에서는 재능이나 노력의 증거가 된다는 유혹이 있다. 오히려 그렇기 때문에 우리들은 굵은 뼈대를 소중히 하는 태도를 몸에 익혀야만 한다.

한 가지 나도 여기서 인용을 시도하기로 하자. '글은 사람이다 Le style est l'homme même'로 유명한 뷔퐁Buffon(1707년~1788년)은 일찍이 문체에 대해 다음과 같이 정의했다. '문체란 바로 우리들이 우리들의 사상에 부여한 질서 및 운동을 말한다.' 이것도 유명한 이야기이다. 그러나 '글은 사람이다'는 그야말로 소유권을 새삼 명확히

할 필요조차 없을 만큼 옛날부터 전해져 온 말이지만 그 원래의 의미는 그 정도로 명료하지는 않다. 각인각색으로 제각기 이용하고 있다. 앞서 언급했듯이 문체에는 깊이 사상이 스며들어 있다는 점, 또한 인간이 새로운 경험과 만나면 습관으로서의 문체가 무너진다는 점, 인간은 습관들의 묶음으로 이루어진 존재라고 윌리엄 제임스가 말하고 있는 점…… 등을 생각하면 이러한 의미에서도 '글은 사람이다'라고 말해도 틀린 말은 아닌 것 같다.

'문체란 바로 우리들이 우리들의 사상에 부여한 질서 및 운동을 말한다.' 내가 지금까지 논해왔던 것도 '글을 쓴다는 것은 사상에 질서를 부여하는 것'이라는 한마디로 집약된다. 이것은 굳이 설명을 더할 필요조차 없을 것이다. 내 방식과는 다르지만 뷔퐁도 '질서'에 대해서는 상세히 설명하고 있다. 하지만 '운동'에 대해서는 거의 아무 말도 하지 않는다. 그러나 다시금 내 방식에 대해 거론하자면 여러 가지 사물 혹은 관념을 잡다한 공간적 병존 상태에서 꺼내 이것을 시간적 과정 속으로 바꿔 넣은 것이 문장이기 때문에 시간적 과정 안에 넣어진 사물 혹은 관념은 결국 하나의 운동을 형성하지 않으면 안 된다. 환언하면 하나의 흐름을 만들어야 한다. 회화에서도 운동 즉 무브망mouvement이라는 것이 거론되고 있는데 문장에서도 마찬가지로 무브망이란 것이 중요하다. 무브망은 흐름이고 굴곡이다. 그것이 힘찬 것이어야만 읽는 사람은 흥미를 가지고 읽을 수가 있고 쓰는 당사자도 쓰는 긴장감이 있는 것이다. 이에 대해 두세 가지, 알아차린 점이 있다.

1. 무브망, 흐름, 굴곡…… 등으로 불리는 것은 그 굵은 뼈대를 중심으로 존재해야 한다고 생각한다. 물론 문자 그대로 말하자면

굵은 뼈대는 똑바른 것이기 때문에 그것에 굴곡이 있을 리 만무하지만 내가 말하고 싶은 것은 맨몸이 된 자신의 솔직한 진심이 굴곡 있게 꿈틀거리는 것이 중요하다는 의미이다. 그를 통해 비로소 힘차고 다이나믹한 것이 태어난다.

2. 굴곡 있게 꿈틀거리면 단조롭지 않게 되어 변화가 발생한다. 이것은 중요한 부분이다. 누구라도 글을 쓰는 데 조금 익숙해지면 이에 대해 인식하고 스스로 변화를 만들어내게 된다. 하지만 그럴 경우 굵은 뼈대를 중심으로 한 커다란 굴곡, 즉 사상 그 자체의 무브망이 아니라 자칫하면 사소한 자극에 손을 뻗기 쉽다. 가장 손쉽게 들기 쉬운 예로는 권위 있는 인용구를 사용하는 경우가 있을 수 있겠다. 느닷없이 인용구가 튀어나오면 분명 당장 눈앞의 모양은 바뀐 듯하다. 그러나 새삼 말할 필요도 없겠지만 굵은 뼈대가 견고히 있을 때는 어지간히 센스 있는 인용이 아니면 커다란 글의 굴곡을 만드는 데 도움이 되지 않고 반대로 굵은 뼈대가 단단하지 않을 때는 인용구에 이끌려 다니며 글 전체가 휘청거리게 된다.

3. 비슷한 노력은 여러 가지 단어를 다양하게 사용하는 것에 의해서도 행해진다. 이것도 인간 유형에 따른 차이겠으나 어휘가 풍부한 인간과 그것이 빈약한 인간이 있는 법이다. 나의 경우는 솔직히 어휘가 무척 빈약한 유형에 속한다. 한심스럽지만 이는 인정하지 않을 수 없다. 나와는 반대로 들고 있는 수, 사용할 수 있는 카드가 많은 유형이 있다. 실로 많은 어휘를 가지고 있어서 그것을 마음껏 사용하는 유형이다. 하나의 단어를 몇 번이고 반복해서 사용하면 단조로워지는데 똑같은 사태를 표현하는데도 여러 가지 단어를 구사한다면 서술은 변화무쌍하고 화려해진다. 어휘는 풍부한

편이 좋다. 독서를 할 때 어휘를 채집하고 축적해두어야 한다.

4. 하지만 어휘가 빈곤한 입장에서 조금 억울해서 하는 말일지도 모르지만, 중요한 단어에는 정의를 부여하자는 입장에서 보자면, 또한 말을 섬기는 시인이 아니라 말을 사용하는 산문가라고 한다면, 어휘가 지나치게 풍부한 것은 하나의 위험을 동반한다고도 말할 수 있다. 알고 있는 단어는 많아도 사용할 때는 거기서 신중하게 골라내고 골라낸 이상은 쓸데없이 다른 말로 바꿔버리면 안 된다. '행동'은 '행동'이다. '행위'나 '활동'이란 단어를 새삼 들고 나와 용어를 바꾸면 안 된다.

5. 변화란 굵은 뼈대를 중심으로 하는 무브망에서부터 나오는 것이 진정한 변화다. 굵직한 논리적 굴곡이 중요하며 자잘한 변화는 피하는 편이 좋다. 하지만 커다란 굴곡에 따라 써 내려가면 쓸 수 없는 사항, 담아낼 수 없는 논점이 반드시 생겨버린다. 물론 처음에는 쓸 작정으로 생각하거나 조사해두었던 논점이지만 자연스럽고 커다란 논리적 굴곡 그대로 서술이 나아가면 아무래도 이 논점을 버려야만 하는 경우가 생기기 마련이다. '주註'로 다는 방법도 있지만 '주'로 처리하기에는 문제가 너무 크고 버리기에도 너무 미련이 남는다. 하지만 이런 경우에는 마음을 굳게 먹고 단호히 버려야 한다. 그것도 굵은 뼈대를 중심으로 한 무브망이 전제가 되어야겠지만 버리는 쪽이 산뜻하다. 그때는 일단 버리고 다른 기회에 그 논점을 한가운데 고정시킨 또 다른 논문을 써야 한다. 미련이 있으면 힘차고 굴곡 있는 논리는 태어나지 않는다.

VII
경험과 추상 사이를
왕복하자

대학 1, 2학년생과 3, 4학년생

어떤 대학의 교수로 일하는 젊은 친구가 있다. 이 친구의 전공은 사회과학 방면이지만 학생들에게 문장 공부를 시켜야겠다고 생각하고 1년에 몇 번인가 리포트를 제출하도록 하고 있다. 일전에 이 친구로부터 다음과 같은 이야기를 들었다. 리포트는 1학년생부터 4학년생까지 전부가 제출하는데 1, 2학년생 리포트와 3, 4학년생 리포트 사이에는 무척 큰 골이 있다. 개개의 예에 대해 살펴보면 2학년에서 3학년으로 올라갈 때 반드시 이 골을 극복한다는 식으로 기계적으로 말할 수 없는 경우도 있지만, 전체적으로 봤을 때 1, 2학년생 그룹과 3, 4학년생이라는 그룹으로 나뉜 것 같다. 1, 2학년생의 리포트는 주로 학생 자신의 경험을 꼼꼼히, 혹은 장황하게 기술한 것이 많다. 읽는 사람이 학생 생활에 대해 전부터 알고 있었고 거기에 특별한 관심을 기울이고 있었던 경우를 제외하면 일반적으로 무척 지루하다. 그러나 그 지루한 글을 읽고 있으면 경험의 어떤 단면에 대해 실로 생생한 묘사를 발견하는 경우가 있다. 그 외 부분은 회색 배경이 되고 어떤 단면만이 강하며 동시에 날카롭게 떠올라 있다. 물론 그렇다고는 해도 생생한 묘사라는 것은 극히 드물게만 볼 수 있고 경험을 장황하게 쓴 기술이 대부분이다. 이와 반대로 3, 4학년생이 되면 자신의 경험에 대한 구체적인 기술이 급속히 감소해버리고 그 대신 추상적 용어 사용이 눈에 띄게 증가한다. 그 대부분은 학술적 용어인데 경험과의 연계성이 전혀 없는, 혹은 연계가 무척 애매한 추상적 용어가 자주 사용되기 시작한다. 오히려 남용되기 시작한다고 말해야 할 것이다. 추상적 용어를 사용할 필요가 없다고 판단되는 부분에서도 학생들은 즐겨 이것을 사용한다. 당연히 이러한 리포트는 어색한 느낌이 든다. 읽어봐도 내용이 무엇인지 좀처럼 파악하기 어렵다. 추상적 용어가 많아지면 리포트가 특정 인간의 경험에서 벗어난다. 오랜 기간 학생들의 리포트를 읽고 있으면 자신의 경험을 장황하게 썼던 친구가 어떤 시기부터 추상적 용어가 충만한 글로 옮겨가 버린다는 것을 알 수 있다. 학생 수가 많기 때문에 어떤 기분으로 한 사람 한 사람의 학생이 하나의 세계에서 또 다른 세계로 떠나버리는지 일일이 조사할 수는 없지만 이런 식으로 옮겨가 버리는 것은 일반적으로 우수한 학생 쪽이다. 그렇지 않은 학생들은 추상적 용어의 세계로 들어갈 수 없고, 그렇다고 자신의 경험만을 쓸 수도 없는 채 그대로 글 자체를 더 이상 쓸 수 없게 되는 것 같다.

이 친구의 이야기는 나에게 많은 것을 가르쳐준다. 그러나 이 문제에 대해 깊이 들어가 생각하기 전에 또 다른 친구에게 들었던 이야기를 소개해두고자 한다. 또 다른 친구는 아이들의 글이나 아이들을 위한 읽을거리를 연구하는 사람으로 그의 이야기는 다음과 같다. 전 세계에서 글을 쓴다는 점에 대해서는, 일본의 아이들만큼 혜택을 받은 경우는 없다. 히라가나 50음만 알고 있으면 아무리 어린 아이라도 글을 쓸 수 있기 때문이다. '내 방은 작다'라고 쓰고자 생각한다면 한자를 빼고 그대로 히라가나를 하나씩 쓰면 된다. '방'은 'heyaへや'라고 쓰면 끝난다. 하지만 서양에서는 '방' 대신 room이라든가 Zimmer라든가 chambre라는 철자를 써야 한다. 이것은 일본 아이가 '방'이라고 쓰는 것보다 훨씬 곤란한

일이다. 하지만 아이가 자라면 거기에 한자가 개입된다. 히라가나쁜 아니라 한자도 함께 사용하여 글을 쓰는 단계가 되면 일본의 아이들은 갑자기 불행한 사정 아래 놓이게 된다. 엄청난 한자를 어찌 사용하면 좋단 말인가. 유창했던 어린이가 갑자기 입을 다물어버린다.

이 친구는 서양의 경우 어린 시절에는 불리했던 반면 나이 들고부터는 유리해진다고 명료히 말하지는 않았지만, 약간 그런 뜻이 숨겨져 있는 듯했다. 그러나 일본 어린이가 어린 시절에는 무척 유리한 상황에 있지만 이윽고 무척 불리한 상황에 서게 된다는 것은, 이 친구의 말처럼 과연 한자 탓일까. 혹은 한자 탓만 있을까. 내 생각으로는 분명 한자가 문제이긴 하지만 그저 한자만이 문제는 아니라고 생각한다. 오히려 가장 중요한 것은 일본의 추상적 용어가 한자로 쓰여 있다는 점이다. 환언하자면 방이라든가 서적이라든가 도로라든가 하는 구체적 사물을 지시하는 한자가 일본인에게 힘들게 작용하는 것도 있지만 그것보다도 개념이라든가 구조라든가 하는 추상적 사항을 지시하는 한자가 더 힘들다는 것이다. 즉 추상적 용어에 관한 곤란함이 한자에 관한 곤란함이라 불리는 주요한 부분인 것이다. 이 친구가 말해준, 한자가 나타나면 글을 못 쓰게 된다는 이야기는 앞서 언급한 친구의 이야기 즉, 훌륭한 학생일수록 경험의 세계에서 추상의 세계로 옮겨갈 수 있다는 이야기와 관련이 있는 것 같다.

경험의 단어에서 추상의 단어로

외국 사람들은 어린 시절에는 일본인들보다 불리하지만 성장하면 일본인보다 과연 유리할까? 친구도 그렇게까지는 말하지 않았다. 하지만 추상적 용어에 대해서는 서양 사람 쪽이 우리들보다 훨씬 유리하다는 것은 분명하다. 왜냐하면 일본인들에게 경험과의 관련이 없는 추상적 용어인 것도 외국인들에게는 경험과의 관련을 포함한 추상적 용어이기 때문이다. 똑같이 추상적 용어지만 일본에서의 추상적 용어는 역시 특별한 추상성을 가지고 있다. 예를 들어 '현실적'이라는 단어가 있다. 하지만 이런 단어는 오늘날까지 대부분의 일본인이 평생에 걸쳐 한 번도 입에 담지 않았던 말이었다. 글로 쓸 일은 더더욱 없었을 것이다. 이것을 사용할 기회조차 없이 대부분의 일본인들은 죽어갔다. 요즘은 사정이 조금 다른 듯하지만 그래도 어린 아이나 시골 할머니가 그렇게 가볍게 쓸 수 있는 단어는 아니다. '현실적'은 독일어 wirklich를 번역한 것으로, 적어도 이에 대응하는 것이다. wirklich?라는 것은 '정말?'이라는 의미로 독일에서는 누구든 아무렇지 않게 빈번히 사용한다. 그것을 명사화한 Wirklichkeit도 그다지 특별한 단어는 아니다. 그러나 이것을 번역한, 혹은 이에 대응하는 일본어 즉, '현실'이나 '현실성'의 경우 이를 사용하는 데 있어서 누구든 다소 용기가 필요하다.

　또 하나의 예를 들어보자. 최근 '소외'라는 단어가 유행하고 있는데 뭐든지 자신의 마음에 들지 않는 것을 '소외'라고 이름 붙이는 것 같다. 이것은 일본만의 현상은 아닌 듯하다. 미국 등에서도 '소외'라는 단어가 남용되고 있다. 하지만 일본에서는 '현실'이라는 단어라면 몰라도 '소외'라는 단어에 이르면 도저히 솔직한 기분으로는 사용할 수 없을 것이다. 이미 상당히 유행하고 있기는 하지만 이런 단어는 처음이라고 생각할 사람도 많을 것이다. 원래 이것은 헤겔에서 시작되었고 포이에르 바흐Ludwig Feuerbach(독일의 유물론 철학자—편집자 주)나 마르크스에 의해 계승된 것으로 독일어 Entfremdung다. 이 독일어는 '정말?'이라고 할 때의 wirklich 정도로 일반적이지는 않지만 단어로서는 그다지 특수한 것은 아닌 듯하다. 영어에서는 alienation, 프랑스어에서는 aliénation 인데, 이러한 단어는 '소외'라는 의미로 사용되기 이전부터 양도라든가 광기라든가 하는 의미로 사용되어왔다. alien이라는 영어라면 일본의 중학생들도 알고 있다.

'현실'이나 '소외'라는 일본어가 그저 추상적 세계에서 사용되는 데 반해 이에 대응하는 서양어는 추상적 세계에서뿐만 아니라, 동시에 일상적 경험의 세계에서도 사용되고 있다. 아니, 동시에, 라고 말해선 안 되고 처음에는 일상적 경험의 세계에서 사용되고 나중에 추상적 세계에서 사용되게 되었다고 말해야 한다. 순서가 일본인과는 반대다. 일본에서는 처음에 추상적 세계의 용어로서 수입 번역되었다가 그것이 훗날 경험적 세계로 들어와 거기서 의미를 갈고 닦아 사용되며 우리들이 이에 익숙해짐에 따라 여러 가지 사물로 넓게 적용되게 되고 때로 남용되게 된다. '현실'이라는 단어 등은 이미 이런 보급 과정을 따라 움직이고 있는 듯하다. 위와 같은 사정을 생각하면 서양 여러 나라에서 정의라는 것에 부여된 특별한 중대성이 자연스레 이해될 것이다. 나는 앞서 단어를 사용하는 자는 정의를 중시할 필요가 있다고 지적했다. '현실'이나 '소외'라는 일본어에 대응하는 서양어가 추상적 세계에서 사용될 때,

그 이전부터 이미 경험적 세계에서 사용되고 있었기 때문에 그 의미의 어떤 일부분을 잘라내거나 다른 일부분을 확충하거나 새롭게 의미를 다시금 규정하지 않으면 사고에 도움이 되지 않을 것이다. 정의란 옛날부터 있었던 의미를 잘라내거나 확충하거나 하는 것, 그에 의해 의미를 엄밀히 새롭게 규정하는 것이다. 경험적 세계와 추상적 세계 간에 연속성이 있기 때문에 한번 이 연속성을 잘라내기 위해 정의라는 귀찮은 조작이 요구되어져 온 것이다. 경험적 세계에서 살아온 단어는 정의라는 좁은 문을 통과하면서 추상적 세계로 들어오는 것이 허락되게 된다.

메이지 시대 초기의 조어造語 작업

많은 추상적 관념은 한자에 의해 표현된다. 한자는 과거 중국에서 수입한 문자이며 일본의 가타카나나 히라가나도 이 한자를 기초로 만들어졌다. 한편 일본인들은 메이지유신 이후 많은 추상적 관념을 서양 문헌으로부터 배워왔다. 즉 관념 그 자체는 메이지 초기에 서양에서 수입되었지만 이 관념을 표현하는 단어 쪽은 옛날 옛적 중국에서 수입했던 한자를 사용하여 한자어로 번역할 수밖에 없었다. 서양 관념과 중국 한자와의 기묘한 결합을 통해 우리들의 근대사상은 비로소 출발했던 것이다. 여기서 관념상 친숙하기 어려운 점과 언어상 친숙하기 어려운 점이 결합되게 되었다. 그리고 앞서 언급한 두 친구가 각자의 시각에서 제시한 커다란 골이 생겨나게 되었던 것이다.

두 친구가 지적했던 골은 한 사람의 인간이 성장 과정에서 뛰어넘어야 할 골을 말하는데 메이지 시대 초기, 일본인들은 민족 차원에서 커다란 골을 뛰어넘어 가야 했다. 혹은 그때 커다란 골을 만들어야 했다. 추상적 문제가 취급되어지는 한, 분명 어디를 봐도 어색한 한자만이 늘어서 있다. 지금까지도 이것은 몇 번이나 비난받아왔다. 야나기다 구니오柳田国男 씨는 말한다. '예를 들어 〈……적〉이라는 단어가 있는데 이것은 〈틱〉의 묘미를 이해한 인간이 쓰기 시작했다. 이 단어, 아이들이 사용하면 입술 끄트머리를 꼬집어주고 싶은 기분이 든다.' 이러한 일본어의 현재 상태에 대해 '근대에는 학자의 잘못된 마음가짐에서……'라고 야나기다 구니오 씨는 말하고 있다. 또한 다니자키 준이치로 씨는 다음과 같이 언급하고 있다. '이런데도 현대인들은 ……〈관념〉으로는 마음에 들지 않아 〈개념〉이라고 말해보거나 그것도 마음에 차지 않아 〈이념〉이라고 말해보는 식으로 계속해서 새로운 단어를 만든다. 학자가 자신의 학설을 말하는 경우에도 새삼 자신의 견식을 나타내고자 이미 만들어진 흔한 단어를 사용하기를 기피하고 자신만의 독특한 글자를 표현하고자 궁리한다. 이렇게 새로운 한자 조합이 경쟁적으로 행해지는 것이다. 〈사회〉를 〈사람들이 사는 곳〉으로 표현하고 〈징후〉를 〈미리 나타나는 것〉, 〈예각豫覺〉을 〈근거 없이 어쩐지 그런 느낌이 나는 것〉, 〈첨단〉을 〈맨 끝〉 혹은 〈첫 시작〉, 〈잉여가치〉를 〈빼고 남는 것〉 혹은 〈남은 꼬투리〉라는 식으로 말한다면, ……'

일본어의 혼란이 문제가 될 때마다 학자들의 책임이 문제시된다. 원래 학자에게는 짊어져야 할 책임이 있고 학자의 허영심에 근거한 신조어의 예도 적지 않을 것이다. 하지만 일본어의 혼란을

슬퍼하는 사람들의 대부분은 천황이 발하는 칙어를 비롯한 군대, 관청, 법률, 종교 등의 용어에 대해서는, 즉 난해하거나 무의미하더라도 그것이 권력에 의해 유지되고 있는 것에 대해서는 일반적으로 관대했다. 이에 비해 학자들의 용어, 최근에는 노동조합 용어에 대해서 항상 무척 엄격하다.

주지하는 바와 같이 일본의 철학 용어의 기초적인 것들은 니시 아마네西周(1829년~1897년)에 의해 주조되고 있다. '철학philosophy', '선천a priori', '후천a posteriori'은 1860년대 후반, '논리학logic', '심리학psychology', '윤리학ethics'은 1875년, 현상phenomenon, 주관subject, 객관object은 1878년에 각각 만들어졌다. 1875년부터 1879년에 걸쳐 니시 아마네는 헤븐Joseph Haven의 『심리학Mental Philosophy』(1869년)을 번역하고 역서의 제2판 서문('심리학 번역 범례')에서 번역의 고충에 대해 말하고 있다.

'우리나라에서는 종래 성리性理의 책을 번역하는 것이 심히 드물다. 이로 인해 번역어에 이르러서는 본시 무엇을 의지하여 따라가야 할지 모른다. 한편으로는 중국 유가들이 말하는 바와 비교하는 바 심성의 구분이 한층 미세할 뿐만 아니라 그 지명하는 바도 스스로 다른 뜻이 있는 경우가 있어 따로 글자를 고르고 말을 만드는 것 또한 어쩔 수 없는 일이다. 그 연유로 지각, 기성記性, 의식, 상상 등과 같은 것은 종래부터 있었던 것에 따른다고 해도, 이성, 감성, 각성, 오성 등과 같은 것, 또한 치지가致知家의 술어 관념, 실재, 주관, 객관, 귀납, 연역, 종합, 분해 등에 이르러서는 대부분이 새롭게 만들어진 것과 관계하므로 독자 중에는 그 뜻을 알기 어려운 사람도 있으리라. 이러하기 때문에 대략 이런 주요한 글자 및 문장 항목에 관계되는 가장 핵심적인 문자 등은 책 전체에 걸쳐 유일하게 정해진 글자를 사용하고, 위아래 문장의 뜻을 위해 부득이한 경우를 제외하고 마음 내키는 대로 다른 글자로 변경하여 뜻을 바꾸지 않음으로써 독자들이 그 위아래 문장의 뜻을 짐작하고 책 전체에 걸쳐 전후를 서로 확인해가며 이에 대해 깊이 생각한다면 그 뜻에 통하는 것 역시 그리 어렵지 않을 것이다. 이는 역자가 간절히 바라는 바이다.'

제로에서 출발하여 모든 것을 만들어야 했기 때문에 니시 아마네의 고충은 이루 다 말로 표현할 수 없었을 것이다. 연구자에 의하면 이 기간 동안 니시 아마네는 한자에 의지하지 않으려고 시도한 적도 있는 듯하다. '보통명사'를 '통할 수 있는 이름'이라 하고 '고유명사'를 '오로지 그것으로 하는 이름'이라 불렀던 적도 있다고 한다. 한자어를 쓰지 않고 고유한 일본어를 쓰고자 하는 마음은, 즉 다니자키 준이치로 씨처럼 '사회'를 '사람들이 사는 곳'으로 하고 '징후'를 '미리 나타나는 것'으로 하고자 하는 마음은, 니시 아마네에게도 있었으리라. 그러나 그것은 마지막까지 관철되지 못한 채 결국에는 한자에 의해 새로운 단어를 만드는 길을 선택할 수밖에 없었다. 그것은 야나기다 구니오 씨의 이른바 '학자의 잘못된 마음가짐' 탓도 없지는 않겠지만 그 이상으로 이미 오랜 기간 확립되어 있던 한자의 지배라는 거대한 기성사실에 의한 선택이었을 것이다. 이러한 조건 아래에서 니시 아마네는 악전고투하며 최선을 다해서 작업에 임했다. 철학 방면에서 니시 아마네가 행한 사업은 메이지 이후 다른 방면에서도 많은 사람들에 의해 행해졌는데 일단 기초적 관념이 한자어로 번역되어버리면 그것으로 토대가 만들어진 까닭에 그 후에는 그러한 방향으로 나아갈 수밖에 없게 된다. 다니자키 준이치로 씨가 말하는 것처럼 society를 '사회'라고 번역하지 않고 '사람들이 사는 곳'이라고 번역한다는 것은 메이지 시대 초기 사람들도 고려해봤던 일이다. 그러나 당시 사람들에게 있어 society를 '사람들이 사는 곳'이라고 번역하는 일이 다가 아니었다. social은 '사람들이 사는 곳의'이면 되고 social organization을 '사람들이 사는 곳의 구조'라고 하면 된다 쳐도, social life를 '사람들이 사는 곳의 생활'이라 하면 될지, social sciences를 '사람들이 사는 곳의 여러 가지 배움'이라고 하면 될지, ……그들은 동시에 많은 사항을 이른바 체계적으로 생각해야만 했다. '사람들이 사는 곳'이라는 번역어를 어디까지 밀고 나갈 수 있을지 넓고 멀리 생각해야 했다. 하나의 단어, 예를 들어 society를 고립시키고 그것을 '사람들이 사는 곳'이라는 순수 일본어로 바꾸어본들, '독점자본'을 '혼자 차지하는 밑천'이라고 해본들 그것은 그것 자체로 끝난다.

어쨌든 우리들은 니시 아마네가 개척한 길을 걷게 되었다. 그때 딱딱하고 어려운 학술용어 시스템이 시작되었다. 경험적 세계와 추상적 세계를 나눈 커다란 골이 생겨났다. 그것은 분명 우리들의 불행이다. 그러나 여기서 만들어진 새로운 단어군 덕분에 먼 길을 돌아가야 했다손 치더라도 우리들은 비로소 서양 관념을 일본의 단어로(한자는 이미 일본의 단어다) 포착할 수 있게 되고 사용할 수 있게 되었다.

후진국의 운명

일본군의 진주만 공격 직후, 나는 국민징병령에 의해 육군징병 자로서 버마로 끌려가서 수도 랑군에서 1년 정도 있게 되었다. 랑 군의 거리를 걷고 있으면 때때로 Vernacular School이라는 간 판을 건 건물을 만나는 경우가 있다. '모국어 학교'라고 번역할 수 있을까. 버마가 오랫동안 영국 식민지였기 때문에 일반적으로 학 교 교육은 영어로 행해지고 있었는데 그에 비해 이 간판을 건 학 교는 버마어로 교육을 실시하고 있었다. 이 버마어 문제에 대해 나는 버마의 어떤 인텔리와 이야기를 나눈 적이 있다. 이 인텔리 가 맨 처음 나에게 물었던 것은 '일본에서는 어떠한 언어로 교육 이 행해지고 있는가'라는 것이었다. '일본어로……'라고 내가 대답 하자 '그게 가능한가'라고 신기한 듯한 얼굴을 한다. '왜 당신은 그 것을 의심하는가'라고 이번엔 내가 되묻는다. '버마에서도 버마어 로 모든 교육을 하고 싶다고는 생각하지만 일상생활 관련된 사항 은 차치하고서 약간이라도 학문적 혹은 추상적 사항에 이르면 이 것을 나타낼 버마어가 없다. 필요하다고 마구 새로운 버마어를 만 들 수도 없다. 그래서 영국군을 내쫓아도 한동안은 유감스럽지만 영어로 교육해야 할 것이다. 특히 고등전문교육은 그렇게 될 것이 다. 일본은 부러운 나라다.'

이것은 17년이나 전의 일이다. 이 점에서 현재 버마가 어떤 사 정에 있는지 잘 알지 못한다. 아마도 버마에서도 니시 아마네 같 은 인물이 각 방면에 나타나 버마의 학술용어를 만들고 있으리라. 또한 이 인텔리가 말하는 것처럼 일본은 부러운 나라다, 라고 말 할 수 있을지 이것 역시 잘 모르겠다. 일본에 있는 대학에서도 메 이지 시대의 어느 시기까지는 외국인 교수가 여러 강의를 맡고 있었고 오늘날의 일본의 학술용어만 해도 완전한 의미에서의 일본어라고는 말할 수 없는 면이 있기 때문에 너무 부럽다고 해도 난처할 따름이다. 그러나 버마의 예는 이 문제가 일부 학자들을 비난한다고 해결될 규모가 아님을 명확히 하고 있다. 책임은 학자들이 짊어지기보다 그 이전에 그 나라의 역사가 짊어져야 할 것이다. 서양의 이른바 선진국과 달리 아시아나 아프리카의 여러 나라들은 이 문제가 항상 떠나지 않는다.

여기에 여전히 존재하고 있는 것은 단순히 단어의 문제가 아니라 서양의 학문과 접촉하기 이전에 자신들의 나라의 학문이 얼마나 발전되어 있었는가 하는 문제다. 일찍이 나는 도쿠가와 시대德川時代(1603~1868, 에도 막부가 정권을 잡은 시기-편집자 주)의 경제서 몇 편을 한꺼번에 읽었던 적이 있다. 내가 읽었던 것들을 연대순으로 열거하면 다자이 슌다이太宰春台(1680년~1747년)의 『경제록経済録』(1729년), 미우라 바이엔三浦梅園(1723년~1789년)의 『가원価原』(1773년), 가이호 세이료海保青陵(1755년~1817년)의 『승소담升小談』(1798년보다 다소 이후), 나카이 리켄中井履軒(1732년~1817년)의 『균전모의均田茅議』(?), 사토 노부히로佐藤信淵(1769년~1850년)의 『물가여론物価余論』(1838년), 간다 다카히라神田孝平(1830년~1898년)의 『농상변農商辨』(1861년).

맨 처음 나온 다자이 슌다이의 『경제록』에서 마지막인 간다 다카히라의 『농상변』까지 사이에는 약 130년의 시간이 있다. 그리고 이 기간은 서양에서 고전파 경제학이 성립하고 발전하였으며 완성되는 데 필요했던 90년이라는 시간을 포함하고 있다. 즉 케네Quesnay의 『경제표』(1758년)는 다자이 슌다이의 『경제록』과 미우라 바이엔의 『가원』 중간에, 아담 스미스의 『국부론』(1776년)은 이 『가원』의 3년 후에, 리카도Ricardo의『경제학 원리』(1817년)는 가이호 세이료의『승소담』과 사토 노부히로의『물가여론』중간에, 밀의『경제학 원리』(1848년)는 이『물가여론』과 간다 다카히라의『농상변』중간에 각각 나타나고 있다. 그러나 고전파 경제학이 성립하고 발전하고 완성된 시기를 가뿐히 포함하는 130년간이기는 하지만『경제록』에서『농상변』까지 읽어가는 내 입장에서 보자면 시종일관 비슷하게 진한 농도의 액체 안에서 호흡하고 있는 듯한 느낌이 든다. '비슷하게'라는 것은 어떤 문헌이든 번藩(지방의 영지, 1871년 폐번지현으로 현으로 바뀜-역자 주) 재정의 궁핍, 금은의 범람과 사치에 대해 논하고, 동시에 모든 것들의 절약을 잘 해야 한다, 농업을 존중해야 한다, (이와 모순되면서)상업을 존중해야 한다, 라고 가르치고 있다. 130년간 완전히 동일한 테마의 반복이다. 진한 농도라는 것은 모든 책들이 경제 사정의 구체적 기술이며 그것이 제시하고 있는 특수한 여러 문제의 실천적 해결법이기 때문이다. 어디까지나 현실적, 구체적, 특수적, 개별적, 실천적이다. 예외 없이 현실 그 자체라는 대해에 빠져 허우적대고 있다. 130년이라고는 해도 모두 다 도쿠가와 시대의 작품인 까닭인지 정신이 현실 그 자체를 뿌리친다고 해야 할까, 현실 그 자체를 뚫고 빠져나가 버린다고 해야 할까, 어쨌든 추상이라는 건조한 세계를 향한 모험을 시도하고자 하지 않는다. 일반적 추상적 관념이 만들어지고, 반대로 다시 돌아와 그것이 현실 그 자체라는 큰 바다를 처리하는 데 도움을 준다는 움직임이 보이지 않는다.

건조한 관념 시스템은 일본의 경제론 내부에서가 아니라 서양에서 수입된 경제학설에 의해 제공되었다. 그러나 외국의 경제학설 섭취에 있어서 일본의 선배들은 그리 당혹스러워하지 않은 듯하다. 그 까닭은 우선 서양에서 도입된 일반적 관념이 적용되는 경제적 현실이 일본에 발달해 있었기 때문이겠으나 다른 한편에서는 이러한 현실 그 자체의 발전에도 불구하고 인간을 거기로부터 구해내는 일반적 관념이 아직 미발달 상태였기 때문일 것이다. 물에 빠지기 직전의 선배들은 어떤 거리를 단순히 뛰어넘어 수입된 관념 시스템에 의지하여, 경험의 강제적 직접성으로부터 가까스로 기어나올 수 있었을 것이다. 하지만 굳이 푸념을 하자면 만약 그 130년간에 나타난 경제론에서 일반적 관념의 구성에 좀 더 진전이 있었다면 혹은 그것이 적절한 언어적 표현을 획득했다면 메이지 시대 초기의 번역어 주조의 고생도 조금은 경감될 수 있었을 것이다.

경험과 추상 사이의 왕복 교통

추상적 용어를 사용하는 일을 하고 있는 나도 단어 때문에 기가 막혀 버리거나 한심스러워지거나 화가 나는 일이 많다. 그러나 감정이 어떻든 지금까지 언급해온 바와 같이 당분간은 일본인들이 메이지 시대 초기에 내디뎠던 방향으로 가지 않을 수 없다는 것이 분명하다. 100년에 가까운 역사를 무시하고 만사를 원점으로 돌리는 것도 불가능하며 하물며 더더욱 거슬러 올라가 아주 먼 옛날 한자를 수입했던 '학자의 잘못된 마음가짐'을 비난해봐도 소용이 없다. 물론 경솔하게 단어를 만드는 일은 삼가해야 하며 평이하게 만드는 노력은 꾸준히 계속해 나가야 한다. 그러나 현실적 문제는 메이지 시대 초기 민족 차원에서 뛰어넘어야만 했던 골을 지금도 한 사람 한 사람의 인간이 성장의 어느 단계에서 뛰어넘어야 한다는 점에 있다. 앞서 살펴본 대로 일상적인 경험의 언어에서 학문적·추상적인 언어로 뛰어넘어야 한다는 점에 있다. 민족의 역사가 개인의 역사 안에서 반복되고 있는 것이다. 어떤 인간이라도 자신이 그 골 앞에 섰을 때, 이것을 뛰어넘어야만 한다는 것을 알게 되었을 때, 당혹스럽기도 하고 무력함을 느끼기도 할 것이다. 태어나서 처음으로 뭔가 추상적인 용어를 말할 때, 그것을 들을 때, 일종의 부끄러움마저 느낀다. 이쪽에서 건너편 기슭으로 뛰어넘어 갈 때, 눈을 감고 딱 한 번만 참으면 된다고 생각하고 뛰어넘는다. 그 외에 달리 방법이 없다. 그러나 뛸 때에는 그것이 민족의 운명이라는 것을 알지 않으면 안 될 것이다. 한 사람의 인간이 뛰어넘어야 하는 것은 민족의 무거운 과거를 지고서라는 사실, 그것을 파악해야만 한다.

서양 여러 나라처럼 어린 시절부터 익숙하게 사용해왔던 단어에 정의를 부여하며 학문의 세계로 자연스럽게 들어가는 것과 달리 우리들은 커다란 골을 뛰어넘어야 한다. 그리고 그에 앞서 당혹스러움이나 결심이 필요했던 만큼 저쪽 편으로 뛰어넘자마자 점잔을 빼며 추상적인 단어를 기억하거나 사용할 기쁨에 기분이 들뜨기 쉽다. 이것 역시 인지상정일 것이다. 따라서 이것을 뽐내며 남용하기 쉽다. 대학의 3, 4학년생의 리포트에는 이러한 태도가 엿보인다. 세상에는 커다란 골을 뛰어넘지 않는 사람들이 많기 때문에 이것을 남용하면 잘난 사람으로 보이는 데 도움이 되는 경우도 있을 것이다. 졸부가 옛날 어렵던 시절에 대해 거론하고 싶어 하지 않는 것처럼, 또는 가난한 사람들을 특히 경시하는 것처럼, 지금은 골의 건너편에 있는 일상적인 경험 속 단어를, 일상의 경험 그 자체를 잊으려고 하고, 혹은 경시하려고 할지도 모른다. 추상적 단어에 매달리며 경험적 세계를 아래로 내려다보게 된다.

그러나 거기에 자연스러운 마음이 작용하고 있다고는 해도 원래 일반적 관념이라는 것은 구체적 경험의 엣센스가 모인 것이며 경험적 세계에서의 곤란한 점을 잘 처리하는 데 도움이 될 때 의미가 있기 때문에 이처럼 경험과의 연결이 끊어진다는 것은 일반적 관념이 본래의 임무를 방기해버린다는 말이 된다. 일반적인 관념이 실체화되고 신비화된다는 말이다. 그렇게 말하면 너무나 그럴싸하지만 실제로는 추상적인 언어를 통해 보일 터인, 그 X를 응시하는 것을 게을리 하게 되고 우리들이 오히려 단어에 부수되는 느낌으로 끌려 다니며 생각을 진행시켜간다는 결과를 낳을 것이다.

우리들은 자신이 쓰는 단어에 책임을 지지 않으면 안 된다. 자기가 사용하는 단어의 의미를 항상 분명히 하지 않으면 안 된다. 이는 비단 일본어에 국한된 것은 아니라 모든 나라에 통용될 이야기다. 하지만 앞서 살펴본 대로 일본에서의 추상적 단어는 특수한 태생적 비밀을 가지고 있기 때문에 아무래도 이 점에 특별한 배려가 필요하게 된다. 예를 들어 사전 따위에서 스페이스를 절약함과 동시에 엄밀하게 철학상의 용어를 설명할 경우, 설명 문장 그 자체가 다시금 사전을 필요로 하는 결과를 낳는다. 커다란 골의 이쪽 편인 경험적 세계에 선 인간(이 대부분 사전을 참조한다)에게는 설명하는 글 자체가 골 저편에 있는 추상적 세계만을 돌아다니면, 이에 다가갈 수 없다. 아무리 시간이 지나도 손이 닿지 않는다. 그러므로 단어의 의미를 정말로 분명하게 하기 위해서 다시금 경험적 세계로 돌아가지 않으면 안 된다. 앞서 넘어왔던 골을 반대 방향으로 다시 넘어야 한다. 그러한 방식으로 경험과의 관련을 회복해야 한다. 문제에 따라서는 도저히 회복 불가능한 경우도 있지만 대부분의 경우엔 가능하다. 그러나 동시에 추상적 관념이 가득한 단어를 경험적 세계로 가지고 돌아온다는 것은 이 관념이 경험의 처리나 조직에 있어서 유효한지 여부를 입증할 기회가 되기 마련이다. 경험적 세계로 가지고 돌아와 보면 어떤 관념은 유효하다고 판명되지만 다른 것은 겉치레라는 것이 폭로된다. 자신이 없는 사람일수록 어려운 단어의 그늘에 숨어 경험 세계와 접할 것을 피한다.

'알기 쉽게 설명하면……'이란 표현으로 경험과의 관련성을 나타내는 것이 보통이다. 그러나 알기 쉽게 설명하는 것만이 중요한 것은 아니다. 추상의 저편에서 경험에 가득 찬 이곳으로 되돌아오면 되는 것이 아니다. 어떤 관념이나 학설이 이미 완성되어 있고 절대 부동이라면 단지 그것을 경험 안으로 가지고 들어와 알기 쉽게 설명하기만 하면 되겠지만, 나는 이를 믿지 않는다. 다시 한 번 경험적 세계에서 추상적 세계로 돌아가야 한다. 다시 한 번, 이 아니라 실은 왔다 갔다 하며 경험과 추상 사이에서 빈번한 왕복 교통을 행해야 한다. 관념은 경험의 흐름으로 녹여져야 하는 동시에 경험의 흐름은 관념으로 결정화시켜야 한다. 방향이 어떻든 일방통행은 안 된다. 왕복 교통이어야만 한다. 왕복 교통에 의해 우선 경험은 추상적 관념의 도움을 빌려 스스로를 조직화할 수 있으며 스스로를 고도화할 수 있다. 다른 한편으로는 관념이나 관념 시스템이 경험의 테스트를 거쳐 풍요로워지고 성장할 수 있다.

왕복 교통은 민족의 역사에 의해 절대적으로 필요한 것으로 부과되고 있다고 생각한다. 그것은 그저 글을 쓰는 사람이 읽는 사람에 대한 친절에 그치지 않는다. 그보다 먼저 쓰는 사람 자신에게 필요한 것이다. 자신이 추상적 세계에 눌러앉아 경험적 세계로 되돌아오지 않는다면 읽는 사람은 경험적 세계로부터 움직이지 않는다. 스스로가 몇 번이고 골을 뛰어넘는 노력을 시도하지 않은 채 이것을 타인에게만 요구해서는 안 된다. 자신에게 잘 보이지 않는 X를 타인에게 보여주려고 해도 그것 역시 무리이다.

물론 경험과 추상 간의 왕복 교통이라고는 해도 긴자 대로를 왔다 갔다 하는 것과 같을 수는 없다. 그런 것은 누구도 기대하지 않을 것이다. 그보다 곤란한 것은 아무리 노력해도 경험으로 되돌아갈 수 없는 관념이 있다는 사실이다. 그러한 관념은 경험에서 생겨났다기보다는 바람, 혹은 상상에서 생겨난 것이겠지만 아무리 고생을 해도 경험의 흐름으로 녹아들지 않는다. 베르그송Henri Bergson(프랑스의 관념론 철학자-편집자 주)의 논문 등을 읽고 있노라면 이러한 관념을 자주 만날 수 있다. 그러나 베르그송은 결코 이것을 신비화하지 않는다. 오히려 방법을 바꾸고 대상을 바꾸어 이것을 경험의 흐름에 녹아내려고 한다. 그러나 그것은 성공하지 못한다. 성공하지는 못하지만 노력 그 자체에 의해 관념은 우리들 내부에 선명한 이미지를 창출해낸다. 이와 비슷한 경우는 반대 방향에서도 발견된다. 즉 아무리 추상화하려 해도 이것을 마지막까지 거부하는 경험이 있는 법이다. 무리하게 추상화하면 모든 것들이 다 사라져 버리는 경험, 결국 이것은 이대로 두는 것 이외에 방법이 없다. 그러나 베르그송의 경우와 마찬가지로 이 역시 추상화에 대한 노력이 진정으로 행해진 끝에 남겨 버린 경험이었다면 그 자체는 경험적인 것이면서도 일반적 관념과 비슷한 역할을 할 수 있게 된다. 어쨌든 왕복 교통을 하고자 하는 성실한 노력은 논문을 쓰는 사람이 한시도 잊어서는 안 될 전제다.

그런 말을 하면서도 정작 나는 무척 추상적인 사항만을 계속 말해버린 듯하다. 이것을 다른 표현으로 바꿔 말하면 대체로 다음과 같이 된다. 논문에서는 'ボクノウチハビンボウデス'('우리 집은 가난합니다'라는 의미로, 가타카나로만 쓰인 원문 문장이다. 한자를 통한 추상적 사항 표현이 없는 예로서 사용되고 있다—편집자 주)라는 철자법 방식으로는 안 된다. 어려운 추상적 용어도 사용해야 한다. 그러나 우리들은 이 용어에 담겨 있는 관념 그 자체를 잘 응시할 필요가 있고 이 관념과 경험이 어떤 형태로 이어져 있는지를 직접 조사할 필요가 있다. 새롭게 기억한 추상적 용어에 흥분하여 이 용어를 남용해도 안 되고 이것에 휘둘려도 안 된다.

전후 교육에 있어서의 향수와 표현

민족이 뛰어넘어야 했던 골에 대해, 그리고 지금도 개인이 뛰어넘어야 할 골에 대해 생각해보며 오늘날 중학교 교과서, 특히 사회과 교과서를 바라보고 있노라면 지금까지 내가 골에 대해 너무 지나치게 생각해왔던 것은 아닐까 하는 의문이 솟구친다. 왜냐하면 어떤 페이지를 펼쳐도 추상적인 단어가 실로 자유롭게 사용되고 있기 때문이다. 굳이 예를 들 것까지도 없이 이것은 독자들이 잘 알고 있을 것이다. 추상적인 문맥을 비난하는 사람들은 항상 견본으로서 종합잡지 권두 논문을 예로 들지만 그런 사람들은 종합잡지를 읽기 전에 사회과 교과서를 읽어야 한다.

추상적 관념을 한자로 표현하는 것을 타락이라고 생각한다면 전후 이 타락은 점점 더 광범위하고 심각해졌다고 말할 수 있으리라. 그러나 일본인들이 메이지 시대 초기에 걷기 시작한 방향이 불가피하고 불가결한 것이었다고 본다면 누가 뭐라 해도 우리는 진보라는 큰 길을 걷고 있는 것이다. 어느 페이지를 읽어도 추상적인 관념을 지시하는 단어들로 넘쳐나고 있으며, 혹은 추상적이지 않더라도 우리의 직접적 경험을 멀리 초월한 사실이나 제도를 지시하는 단어가 가득하다. 일본의 모든 어린이들이 받는 의무교육 속에서 이러한 단어들이 엄청나게 사용되고 있다는 것, 즉 이러한 단어가 지시하는 관념이나 지식이 엄청나게 저장되고 동시에 부여되고 있다는 것은 전후 그 골이 급속히 축소되고 있다는 것을 의미하는 것이다. 골 그 자체는 여전히 존재하지만 과거와 같은 넓이와 깊이를 잃어버리게 되었다. 경험적 세계인 이쪽 편 그 자체가 일찍부터 추상적인 것을 받아들이게 되면서 질적으로 변화해오고 있는 것이다. 그런 점에서는 중학생 시절의 나와 현대의 중학생들은 근본적으로 다르다. 이것을 잊어서는 안 된다.

하지만 나의 이러한 옵티미즘optimism은 앞서 언급했던, 대학교 1, 2학년생의 리포트와 3, 4학년생의 리포트와의 사이에 존재하는 단절에 대해 떠올려보면 조금씩 붕괴되기 시작한다. 나의 옵티미즘이 올바르다면 이런 단절은 존재하지 않았을 것이다. 물론 장래에 전후 교육이 제대로 뿌리를 내려감에 따라 단절은 점차 사라져 갈 거라고 생각할 수도 있고 사실 그렇게 봐도 좋은 측면도 있다. 그러나 그와 반대로 현재의 교육 방법이 지속되는 한 단절은 점점 심해질 것이라고도 생각할 수 있다. 왜냐하면 학생들이 읽는 교과서에는 추상적인 단어가 충분히 있지만 현재의 교육 방법 아래서는 학생 그 자신이 이 단어를 사용해서 실제로 표현활동을 영위하는 경우가 거의 없기 때문이다. 수동적 자세로 단어를 읽고 쓰기만 할 뿐 그것을 능동적 자세로 쓸 기회가 거의 없기 때문이다. 즉 강한 내적 긴장을 견디고 다량의 정신적 에너지를 방출하고 이에 문장적 표현을 부여한다는 기회가 극히 부족하기 때문이다. 나는 앞서 스스로 표현하지 않으면 진정한 이해는 성립되지 않는다고 언급했는데, 아무쪼록 그것을 상기시켜주길 바란다.

오른쪽에 제시한 것은 도쿄의 한 중학교에서 실시한 3학년 학생 사회과 정기고사 문제의 일부다. 'OX식' 시험의 일부인 이 방법으로 대답하는 것은 그 규칙에 익숙하지 않은 탓인지 나에게는 무척 어렵게 느껴지는데 학생들은 규칙을 충분히 숙지하고 있기 때문에 그리 어렵게는 느끼지 않을 것이다. 오히려 반대로 서술식으로 대답할 것이 요구되었다면 학생들은 거의 손도 대지 못할 것이다. 예를 들어 A란의 가장 앞에 있는 '외국에 대한 종속'에 대해서는 B란에 g.'안보조약', C란에 라.'스나가와砂川 문제'를 기록해야 할 것인데 이 세 가지의 구체적인 관계를 학생이 명확하게 파악하고 그것을 스스로 글로 표현한다는 것은 힘든 일이다. 규칙만 터득하고 있다면 'OX식'으로 대답하는 쪽이 부담은 훨씬 적을 것이다. 그러나 앞서 언급한 바와 같이 우리들은 스스로 표현의 고통을 견뎌야 비로소 제대로 이해할 수 있다. 표현을 동반하지 않는 이해는 아직 진실한 이해일 수 없다. 혹은 학생들에게 서술식

다음 공란 안에 아래 어구 중 적당한 것을 골라
(B), (C) 각각의 기호로 써 넣으시오

	1	2	3	4	5	6	7	8	9	10
A	외국에 대한 종속	중일무역	압력단체	정당	사회보장	가족주의	파시즘	내각우선	독점자본	헌법개정
B										
C										

(B)　　a. 국민의 정치 활동　　　　g. 안보조약
　　　　b. 낮은 생활수준　　　　　h. 사법권의 확정
　　　　c. 국가주의　　　　　　　i. 여당
　　　　d. 국교회복　　　　　　　j. 주종관계
　　　　e. 콘체른　　　　　　　　k. 점령정책의 시정
　　　　f. 공산주의　　　　　　　l. 관료주의

(C)　　가. 지주 · 소작　　　　　사. 국회의 감시
　　　　나. 야당　　　　　　　　아. 소선거구제
　　　　다. A · A 지역　　　　　자. 실업대책
　　　　라. 스나가와 문제　　　　차. 보수당과의 결합
　　　　마. 국회 경시　　　　　　카. 기본적 인권
　　　　바. 민의 압박　　　　　　타. 2대 세력 사이

을 요구하지 않는다는 전제 아래 사회과 교과서는 현재처럼 레벨이 높아진 걸까. 서술식이 요구된다면 교과서는 좀 더 레벨이 낮은 내용이 되어야 할까. 이 점에 대해서 나는 충분한 지식을 가지고 있지 않다. 그러나 서술적 표현을 할 기회가 없다면 교과서에 충만해 있는 추상적 관념은 학생들의 정신의 표면에 가까스로 닿았다 해도 거기서 두 번 다시 사라지지 않도록 깊이 각인될 일은 없을 것이다. '외국에 대한 종속'과 '안보조약'과 '스나가와 문제' 사이에는 '뭔가 관계가 있는 듯하다'라는 정도의 애매모호한 기분만이 남게 될 것이다. 그리고 경험과 추상의 거리를 만드는 골은 언제까지라도 깊고 큰 것으로 남을 것이다.

앞으로 더 나아가 고등학교 사회과 교과서 문제에 이르면 전문적 학술논문으로도 보일 듯한 내용이 담겨 있다. 그에 대해 나는 반대는 아니다. 오히려 진심으로 기뻐하고 있다. 그러나 도쿄의 고등학교 학생 8명에게 여러 가지를 물어본 결과, 그들이 이구동성으로 대답하는 것 가운데에는 작문은 국어 시간에 포함되어 있지만 정말로 쓰는 것은 1년에 1회 정도라는 것이다. 이 외에도 글을 쓰는 기회가 없는 것은 아니지만 길어봤자 100자가 한도이며 더 이상 긴 글을 쓸 일은 없다고 한다. 심하게 표현하자면 무엇을 읽어도 그냥 지나칠 뿐이라고 해야 할까, 그 정도까지는 아닐지라도 어차피 읽은 내용이 학생 내부에 정착되기는 힘들 것이라고 본다. 대부분의 경우 실이 끊어진 풍선처럼 어딘가로 사라져 버릴 것이다. 현재의 학교 교육에서는 많이 받아들일 뿐 표현이 부족하다. 그러나 표현을 동반하지 않는 한 진정으로 받아들일 수 없다. 서술식 찬스가 학교 교육 안에서 충분히 부여되지 않는 한 그 숙명적 골은 언제까지라도 존재할 것이다.

전후 교육에는 커다란 진전이 있으면서도 이것을 진정으로 살려나갈 길이 충분히 열려 있지 않다. 그러나 생각해보면 '뭔가 문제가 있는 듯하다'라는 정도의 기분으로도 큰 도움이 될 경우도 있을 것이다. 즉 우선 서적들이 완전히 갖춰지면 이 기분을 토대로 필요에 따라 충분한 지식을 손에 넣을 수 있다. 두 번째로 서양 여러 나라처럼 일상생활 용어에 정의를 부여함으로써 자연스럽게 추상적인 세계로 들어갈 수 있다면 기분은 적극적인 역할을 다할 수 있을 것이다. 그러나 이 두 가지 조건은 일본 교육에서는 부족한 상태다. 특히 농촌 교육에는 완전히 결여되어 있다. 그 때문에 전후, 서술식 표현을 경시하는 신교육에 대한 비판을 포함하여 작문 운동(관념적이지 않은 자주적 사고를 촉진시키기 위해 생활 경험이나 느낀 점을 그대로 쓰게 하는 작문 교육 방법. 1930년경 주로 도호쿠 지방 초등학교 교사에 의해 교육운동으로 전개되다 전시 중 탄압을 거쳐 1950년경 부흥─역자 주)이 일어났던 것도 당연한 결과였고 그것이 농촌 자녀들의 작문법이라는 형태로 확장되어온 것도 당연한 일일 것이다. 그러나 이에 의해 골의 이쪽 편에 있는 경험적 세계로 깊이 들어갈 길은 열려 있지만 골의 저편에 있는 추상적 세계로 뛰어넘어 가야 하는 작업은 여전히 한 사람 한 사람의 인간에게 맡겨져 있는 듯하다.

VIII
새로운 시대에
글을 잘 살리자

E. H 카의 강연의 놀랄 만한 밀도

벌써 수년 전의 일이지만 나는 E. H 카의 『새로운 시대The New Society』(1951년)를 번역한 적이 있다. 이 책과 마찬가지로 '이와나미 신서' 중 하나로 출판되었기 때문에 읽으신 분도 많을 거라고 생각한다. 카의 저서는 프랑스 혁명 이후의 역사적 흐름 가운데에서 현대 사회의 여러 문제를 포착하고 사회주의적 자유의 실현이라는 방향에서 여러 문제들의 해결 방법을 모색한 것이다. 그러나이렇게 말해버리면 매우 간단하지만, 실은 다방면에 걸친 저자의 탄탄한 지식이 소책자 속에 압축되어 하나의 아름다운 결정체를이루고 있다. 카의 저서는 많이 읽었는데 『새로운 시대』는 그중에서도 특히 걸작이라고 생각한다. 또한 많이 읽어온 나는 익숙하기때문에 그다지 어렵다고 느끼지 않지만 학생들의 독서 후 감상을들어보면 언뜻 보면 쉬울 것 같은데 무척 어려운 책이라든가, 잠시도 마음을 놓을 틈이 없는 책이라든가, 그러한 답변이었다. 학생들이 이렇게 느꼈던 것은 카의 서적이 갖고 있는 놀랄 만한 밀도 탓이다. 용어는 결코 독특한 것들이나 난해한 것이 아니며 나의 번역문도 나름 유창하게 번역했다고 생각되지만, 이 높은 밀도에서는 읽는 사람 입장에서 보면 전혀 잠시도 마음을 놓을 틈이 없다고 느껴질 것이다. 한 단어라도 놓치면 다음 내용을 이해하기어려워진다. 그야말로 수식을 푸는 것처럼 시간을 충분히 두고 읽어나가야 하는 책이다.

그러나 문제는 카의 『새로운 시대』가 라디오 강연이라는 점에있다. 이것은 1951년 5월부터 6월에 걸쳐 매주 1회씩 6주 동안

카가 영국 BBC의 제3 방송에서 행한 강연이다. 카가 마이크를 향할 때 어떤 초고를 손에 들고 있었는지 알 수 없지만 청취자들은 그저 귀로 들을 수밖에 없었다. 하긴 방송된 부분은 그때마다 매주 나오는『더 리스너The Listener』에 실리기는 하지만 아무리 제3 방송이라고 해도 청취자들은 소수의 전문 학자들이 아니라 대중이다. 내용이 극도로 압축되어 있기 때문에 다양한 경험에는 깊이 들어가지 않고 카는 추상적 관념을 자유자재로 사용하고 있다. 철학상의 논의도 상당히 포함되고 있다. 첫 회분은 400자 원고지로 번역하면 어림잡아 45매 정도다. 카의 강연을 직접 들은 적은 없지만 내가 유럽에서 라디오 강연을 들었던 경험을 바탕으로 말하자면 일반적으로 그 스피드는 상당한 것이었다. 카만 특별히 유창한 말투를 했다고는 생각되지 않는다. 요컨대 이런 것이다. 일본인들이 엄청난 시간을 들여 서적 형태로 카를 읽어도 '잠시도 마음을 놓을 틈'이 없고 좀처럼 이해가 안 가는데 영국의 청취자들은 그것을 귀로만 듣고 있다. 말할 것도 없이 라디오에서 청취자는 카의 표정을 접할 수도 없고 칠판의 문자나 도형을 볼 수도 없으며 카를 향해 질문하는 것도 불가능하다. 카로부터 청취자들을 향해 흘러가는 것도 그저 그의 목소리뿐이다. 이 고립된 목소리가 대단한 밀도의 내용을 전하고 있다. 그리고 청취자들은 이것을 그저 귀로만 받아들이고 있는 것이다.

『새로운 시대』가 라디오 강연이라는 것을 생각할 때마다 나는 음울한 패배감에 휩싸여 버린다. 다른 조건이 비슷하다고 한다면 이러한 지식의 전달에 관한 한 일본인들은 영국인들에게 완패할 것이다. 일본어에서는 카와 같은 밀도로 강연하는 것은 전혀 생각지도 못할 일이기 때문이다. 이렇게 하면 청취자가 이해하지 못할 것이고 애당초 그 전에 말하는 쪽이 그런 무모한 용기를 내지 못한다. 카처럼 밀도 높은 레벨로, 구두로 지식을 전달한다는 것은 일본인들 사이에서는 불가능하다. 일본인들은 물을 섞은 낮은 밀도의 이야기밖에는 할 수 없다. 영국인이 30분간 전달하고 수용할 수 있는 지식의 양이 100이라면 일본인들은 같은 시간에 30이나 50의 지식밖에는 전달하지도 수용하지도 못할 것이다.

일본에서 행해지는 강연의 밀도

카가 내게 큰 쇼크였던 것은 내게도 제법 강연 경험이 있기 때문이다. 이러한 딱딱한 내용의 강연이라면 일본에서는 필연적으로 템포가 무척 떨어진다. 그리고 필연적으로 템포가 떨어지는 점에 일본어의 특질이 사연스럽게 드러난다.

카는 다음과 같은 말투로 이야기하고 있다. '그러니까 역사라고 하는 것은 역사가와 그가 쓰는 과거와의 상호작용 과정 그 자체입니다. 사실은 역사가의 마음이 형성되는 것을 도와줍니다. 그러나 본질적으로 역사가의 마음 또한 사실의 형성을 돕습니다. 역사는 과거와 현재 사이의 대화입니다만, 그렇다고는 해도 죽은 과거와 살아 있는 현재가 서로 통하는 것은 아닙니다. 살아 있는 현재와, 역사가의 손에 의해 다시금 살아나 현재와의 연속성을 가지게 된 과거가 서로 소통하는 것입니다.' 이것은 선행 서술을 총괄하고 있는 부분이기 때문에 아무래도 '마음을 놓을 틈'이 있는 쪽이지만 우리들이 일본에서 이런 이야기를 할 경우에는 도중에 몇 번이고 잠시 멈추어 어구를 반복해야 한다. 또한 '그……', '저……', '그러니까……'를 엄청나게 삽입하며 시간을 충분히 두고 하나하나의 어구가, 그 안에 담긴 관념이, 청중들 마음속으로 제대로 안착하는 것을 끝까지 기다리고 지켜봐야 한다. 소요시간은 현저히 길어진다.

그러나 실은 위와 같은 이른바 양적인 사항으로 끝나지 않는 경우가 많다. 일본어에서는 귀로 들어서는 알 수 없는 단어가 많기 때문이다. 1935년경의 일이었다고 생각되는데 당시 미군의 행동주의적 심리학을 공부하기 시작했던 나는 어떤 사람으로부터 '최근에는 무엇을 공부하십니까'라는 질문을 받아 '행동'이나 '행동주의'에 대해 한참 얘기하고 있는데, 상대방은 동음이의어인 '황도皇道'나 '황도주의皇道主義'라 생각하며 한참을 듣고 있다가 나중에 엄청 웃어버린 적이 있다(행동과 황도, 행동주의와 황도주의는 서로 일본어 발음이 같다—편집자 주). 이러한 오해를 바탕으로 어쨌든 몇 분간이나 대화가 이어졌던 것이다. '과학'과 '화학', '공업'과 '광업', '창조'와 '상상', '공작'과 '후작'……(서로 일본어 발음이 같은 예—편집자 주) 동음이의어의 예는 한없이 많다. 다른 글자를 들먹이며 해당 한자에 대한 음을 설명하고 칠판이 있다면 글로 적는다. 그렇지 않으면 구두로 문자에 대한 설명을 한다. 반대로 영어 등으로 번역하여 '……상상, 요컨대 이미지네이션을 말하지요……'라고 말하거나 하는 수밖에 없다. 강연은 귀에 호소하는 회화체 사용을 전제로 성립되는데 빈번히 문자, 즉 문어체의 힘을 빌려가며 청중들의 귀에 호소하지 않으면 안 된다. 당연히 소요시간이 길어진다.

그러나 한편으로는 문어체의 힘을 빌려가면서도 다른 한편으로는 회화체라기보다는 대화의 룰을 존중해야 한다. '이성'이든 '분석'이든 '경찰국가'든 문자로 쓰면 그대로 쓸 수 있지만 회화체로 사용하게 되면 누구나 약간은 쑥스러워진다. 상대방에게 이해가 어려울 경우에는 '이성……, 글쎄요 지적인 능력이라고 해야 할까요……'라고 주석을 다는 것에 의해 그다지 쑥스러워하지 않아도 되지만, 그렇지 않을 경우, 요컨대 상대방이 금방 이해해줄 것 같은 때는 오히려 더 쑥스러워질 것 같다. 서로 뭔가 마음에 걸린다. 그래서 우리들이 보통 사용하는 방법은 '이성'이라고 딱 잘라 말하지 않고 '이성이라고 하는 것……', '이성이라고도 말해야 할까요……', '종종 이성이라고도 말합니다만……'라는 식으로 얼버무리는 것이다. 딱딱한 단어에 둘러싸인 건조한 관념을 좀 더 부드럽고 촉촉하게 한다. 명석함이 요구되는 중요한 곳에서 고의로 애매하게 한다. 취소가 가능할 수 있는 사용법을 쓴다. 그렇지 않으면 단어가 너무 강한 느낌이 들기 때문이다. 우리들은 이러한 바람직하지 않은 방법으로 경험과의 연관성을 회복하고 있다고 생각한다. 앞서 언급했던, 경험적 세계와 추상적 세계 사이를 가로지르는 골을 이야기 도중에 넘고 있는 것이다. '라고 하는 것'이라는 단어를 매일 우리들은 무수히 사용하고 있다. 소요시간은 더더욱 길어진다. 밀도는 더더욱 낮아진다.

주역이 쉽사리 나타나지 않는 일본어

이에 더해 일본어 특유의 어순 때문에 구가 조금 길어지면 이야기가 순식간에 이해하기 어려워져 버린다는 불리한 사정도 있다.

주지하는 바와 같이 많은 외국어에서는 he is……처럼 주어 다음에 동사가 나타나 문장 맨 처음에 글의 주역들이 다 나와 버린다. 단 독일어는 조금 다르다. 셜록 홈스 탐정은 어떤 영문 편지를 보고 동사가 마지막에 놓여 있다는 점을 통해 그것이 독일인의 편지임을 간파한다. '동사를 이렇게 학대하고 마지막에 가지고 오는 사람은 독일인이다.' 독일어에서는 조동사를 사용한 경우나 부문장副文章(종속문)의 경우 er hat……gelesen 혹은 ……, dass er…… gelesen hat처럼 동사가 뒤쪽에 나온다. 익숙하지 않은 탓인지 나는 독일인과 이야기를 나눌 때 맨 처음 조동사를 사용하고 나서 마지막에 올 동사가 신경 쓰여 견딜 수 없다. 어지간히 주의를 기울이지 않으면 동사를 잊어버린다. 기억하고 있어도 어떤 동사를 사용할 작정이었는지 잊어버린다. 또한 동사에 따라 주어 다음에 오는 조동사가 sein이거나 haben이거나 하는데 나중에 동사를 말하는 단계에 이르면 자신이 sein과 haben 중 어떤 것을 사용했는지 잊어버리는 형국이다. 실제로 이런 것에는 손을 들어버렸다.

그러나 일본어의 경우는 독일어에 비할 바 아니다. 어떤 경우라도 동사가 반드시 마지막에 온다. '나는 ……입니다.' '그는 ……이라고 생각하지 않았다.' 많은 외국어에서는 가장 중요한 단어, 즉 주어와 동사가 맨 처음에 나타나고 그래서 이야기의 중심, 큰 틀을 금방 파악해버린다. 하지만 일본어에서는 주어가 빈번하게 생략될 뿐만 아니라 동사는 마지막에 가서야 나타난다. 그동안 이야기를 듣는 사람은 허공에 붕 뜬 상태로 있다. 아무것도 결정되지 않은 채 어디로 가는지, 부정인지 긍정인지, 초조해하면서 기다려야 한다. 딱딱한 내용의 강연을 듣는다면 어디서든 누구든지 지칠 것이다. 이런 식으로 일본에서는 특히 지칠 만한 이유가 있다. 그래도 앞서 본 것처럼 대화라면 조건이 상당히 유리하긴 하지만, 일방적인 강연을 듣는다는 것은 한 시간이든 두 시간이든 정신이 부단히 미결정 상태 속에서 초긴장 상태를 강요당하고 농락당하는 것이 된다. 마지막에 드디어 동사가 나타날 때까지 그 이전에 들었던 단어들을 기억하고 있어야 한다. 이것은 무척 노력을 요하는 일이다. 조금이라도 긴장이 풀리면 동사가 나타날 때쯤에는 그 이전에 들었던 것을 잊고 만다. 분위기밖에는 파악할 수 없다. 그러나 잊는 것은 청중만이 아니다. 내 경험에 비춰보면 강연자 자신도 잊어버린다. 맨 처음 주어가 잊히고 어느새 다른 주어 혹은 주어 비슷한 것이 주역이 되어 이야기가 점점 옆길로 샌다. 청중들도 대부분 잊고 있기 때문에 그 자리에서 부자연스러워지지는 않지만 나중에 속기를 보면 도무지 무슨 말인지 알 수가 없다. 다행히 옆길로 새지 않았을 경우엔 주어의 반복이 자주 일어났었다. '나는 ……라고 나는 생각하고 있습니다만…….' 장황한 이야기를 잘 들어보면 두 번째 나타난 주어가 새로운 출발점이 되어 거기서 이야기가 계속 이어져 가는 예가 많다.

중요한 것이 마지막에 유유히 등장하는 것은 명사를 수식하는 경우도 마찬가지다. 명사에 형용사나 부문장을 다는데 여기서도 유럽어와는 어순이 반대다. 유럽어에서도 형용사가 명사 앞에 오는 경우가 있지만 프랑스어에서는 일반적으로 명사 뒤에 오고 영어나 독일어에서도 형용사가 무거워지면 명사 뒤에 붙인다. 형용사가 너무 무거워질 것 같으면 which……나, welches……나, qui……로 시작되는 부문장으로 간주하여 이것을 명사 뒤에 단다. 이렇게 중요한 것이 빨리 나타나고 부차적인 것이 뒤로 간다는 순서가 지켜진다. 일본어는 반대다. 형용사는 모조리 명사 앞에 쭉 늘어선다. 그것도 '하얗다'라든가 '달다' 등의 형용사라면 그 죄가 크지 않지만 긴 형용사가 연거푸 오거나, 특히 두 개 이상의 명사가 제각각 긴 형용사를 몸에 두르고 나타나기라도 하면 이야기의 큰 줄거리를 파악하기가 무척 어려워진다. 귀찮아져 버린다. which나 welches나 qui에 해당되는 일본어가 없기 때문에 이것을 번역할 경우, 혹은 이것을 연상시키며 쓸 경우, '······바인······'이 이전부터 사용되고 있었고 이것은 수식되는 명사 앞에 놓인다. 유럽에서였다면 명사 뒤에 첨부되었을 긴 구가 일본에서는 명사 앞에 떡하니 자리를 잡고 있다. 이것을 피하려면 앞서 나왔던 편리한 '만'을 사용하면 된다. 'A와는 본질적으로 다른 것인 바인 B는, ······'이라고 말하지 않고 'B는 A와 본질적으로 다른 것이지만, ······'라고 하고 부문장을 주문장처럼 바꿔 말하면 분명 앞이 무겁다는 결함에서는 벗어난다. 하지만 '만'이 애매하게 사용되어 전체가 평면적이 된다.

중요한 것이 뒤에 온다는 일본어 어순이 가지고 있는 마이너스 요소는 대중 집회라는 특수한 조건에서 더욱 선명해진다. 청중들은 끊임없이 허공에 붕 뜬 상태에 놓이고 초조해지며 앞에서 들었던 이야기를 잊어버리고 피로 때문에 축 처진다. 그러나 대부분의 대중 집회는, 예를 들어 원자폭탄, 수소폭탄 금지 같은 공통의 목표가 있어서 주최자도 청중들도 충분히 일치하고 있다. 바꿔 말하면 연단을 향해 박수를 보내려는 태도가 회장 곳곳에 가득 차 있다. 그러나 단상에서 이야기하는 사람이 앞에 긴 형용사나 형용구가 달린 명사를 포함하는 단어를 쓰고, 심지어 마지막에 드디어 동사가 나타난다는 숙명적인 어순을 순순히 따르면 박수를 치려고 해도 좀처럼 칠 기회가 찾아오지 않는다. 이야기 도중 작은 산이 있어서 거기서 박수치기 시작하는 성급한 사람도 있으나 이윽고 계면쩍어하며 그만두어 버린다. 박수치고 싶은 사람들에게 그 기회를 주지 않는 어순이라는 것은 대중운동의 발전에서 보자면 적지 않게 불리할 것이다. 대중운동의 이야기는 차치하고 이러한 어순에 순순히 따른다면 도저히 밀도 높은 강연은 불가능하다. 아니, 강연이 아니라 글의 문제로 생각해봐도 가볍게 지나칠 수 없다. '나는, ⋯⋯'으로 시작해서 여러 가지 쓴 마지막에 '⋯⋯라고 믿는다'고 맺기보다는 '내가 믿는 바로는, ⋯⋯'이라고 처음부터 써버리는 쪽이 좋을 것이다. 그 외에도 어순에 대해서는 많은 대안이 가능하겠으나 근본적인 룰로서는 마침표가 많은 문장을 쓰는 편이 좋다고 생각한다. 즉 짧은 문장을 계속 축적하는 편이 좋을 것이다. 하나의 짧은 문장으로 하나의 장면을 명확하게 제시하고, 문장과 문장 사이는 접착력이 강한 접속사로 제대로 이어줘야 한다. 앞에 나온 『산문 입문』 같은 유럽에서 나온 입문서에도 짧은 문장을 권하고 있는 경우가 많은데 일본인에게 이런 권유는 유럽과는 비할 나위 없이 절실한 의미를 가지고 있다. 하나의 문장이 이제 막 끝날까 싶을 때, '⋯⋯과 함께, ⋯⋯'라는 식으로 이어가는 수법은 일찍이 도조 히데키東条英機의 연설에 자주 보였는데 이러한 양다리를 걸친 문장은 그다지 권하기 어렵다.

회화체의 고독

글과 강연이나 연설은 다르다. 이 차이는 여러 차례 강조되어왔다. 거기에 나도 별다른 이견은 없으나 글과 강연과의 거리는 글과 대화의 경우보다 작다고는 할 수 있을 것이다. 앞에서도 언급한 것처럼 대화에서의 말은 한편으로는 사교라는 조건 때문에 자유를 빼앗기고 있지만 다른 한편으로는 상대방의 존재, 상대방의 대응, 이쪽의 표정이나 몸짓 등 사방에서 도움을 받는다. 대화에서의 말은 혜택을 받은 상황에 있다. 그러나 강연이나 연설의 경우 이러한 대화의 상호성에 근거한 유리한 상황이 급속히 변해간다. 단 근무처인 학교 강당에서 자신의 학생들을 향해 강의를 할 때는 그나마 아직 대화의 사다리는 남아 있다. 아니, 초대면(?)의 청중을 향해 이야기할 경우라도 청중들이 3, 4천 명 정도에 그치고 사방에 벽이 있는 공간에서 이야기하는 것이라면 여전히 대화가 가진 유리한 사정은 그나마라도 보존될 수 있다. 그러나 대화의 상호성, 혹은 이와 비슷한 사정이 점차 희박해짐에 따라 말은 그 부담이 무거워져 간다. 요컨대 상황이 불리해질수록 강연은 글과 비슷해진다. 하나의 극단에 글이 서고 다른 극단에 대화가 선다면 강연은 양자 중간에 서는 것으로 대화에서 혜택을 받았던 조건들이 감소하면 할수록 강연은 회화라는 극단으로부터 멀어져 글이라는 극단에 가까워진다. 그렇다면 불리한 조건에서의 강연이나 연설이란 도대체 어떤 것일까. 내 경험 중 몇 가지 간추려보자.

나는 1952년 도쿄 메이데이('피의 메이데이'라고 훗날 불린다)에서 문화인 대표로 짧은 연설을 하였다. 장소는 메이지진구가이엔明治神宮外苑으로 거기에 설치된 높은 무대 같은 연단에서 말하는 것이었다. 벽에 둘러싸인 공간 속이 아니다. 뜨거운 햇살 속에 이 무대를 둘러싼 50만 혹은 60만의 사람들이 모여 있다. 아침 일찍부터 수많은 조합이나 정당 대표자들의, 모두 비슷비슷한 취지의, '저는 방금 소개받은 ……'로 시작되어 '이상 무척 간단합니다만, 한 말씀 인사를 올리고 축사를 대신하도록 하겠습니다'로 끝나는 연설이 계속되었고 수동적인 입장에서 계속 이야기를 들을 수밖에 없는 수십 만 명의 사람들은 이미 지칠 대로 지쳐 있다. 동료들끼리 작은 무리를 만들어 노래 부르는 사람들도 있다. 그 옆을 맘대로 걸어 다니는 사람들도 있다. 무대 위에 서자 푸른 하늘 아래 인간의 물결이 한없이 펼쳐져 있다. 하지만 내가 아무리 큰소리로 떠들어도 내 목소리가 수십 만 명의 귀로, 마음 깊숙이 다다를 것이라고 생각되지 않는다. 내가 가지고 있는 것은 단 한 가지 나의 말뿐이다. 목소리뿐이다. 이야기를 시작한 순간 나는 정말로 울고 싶어졌다.

이것도 비슷한 무렵이었는데 나고야名古屋 가나야마체육관金山体育館에서 몇만이나 되는 청중들을 대상으로 했던 강연도 내게는 괴로운 경험이었다. 메이데이와 달리 건물 내부였기 때문에 여기에는 청중으로 한정된 사람들만 있었다. 그럼에도 불구하고 회장이 무척 컸던 데다가 조명도 충분치 않고 먼지가 가득 차 있었기 때문에 가까이 있는 청중밖에는 보이지 않았다. 게다가 미국의 극동 정책에 대한 분노가 회장 전체를 불태우고 있어서 같은 분노를 느끼고 있는 내게조차 그것이 맹렬한 야유가 되어 날아왔다. 뜨거워진 벽이 내 앞에 우뚝 서 있는 듯했다. 손을 쓸 수가 없다.

청중이 보이지 않는 극단적인 예는 이와 비슷한 무렵 니시미야 구장西宮球場에서 강연을 했을 때다. 밤이었다. 운동장 한가운데에 작은 연단이 만들어져 나는 거기서 이야기를 했다. 내 주위에는 커다란 전등이 빛나고 있었는데 몇만 명이나 되는 청중들이 앉아 있는 스탠드 쪽은 완전히 컴컴하다. 청중에게는 내가 보이겠지만 나는 커다란 어둠을 향해 이야기할 수밖에 없다.

이런 경우는 똑같이 회화체의 세계라고는 해도 대화를 통해 혜택을 받고 있던 조건들이 모두 사라진다. 상대방의 반응도 이쪽의 표정도 전혀 도움이 되지 않는다. 나는 말이라는 도구밖에는 가지지 못한다. 말을 멋지게 사용하지 않으면 제로인 것이다. 말이라는 것 이외에 나는 존재하지 않는다. 말이여, 일어나라. 나는 말을 떠받들고 싶어진다. 이때의 말은 회화체이다. 물론 글에서 쓰는 말은 문어체이다. 그러나 글에서의 문어체가 완전히 고독한 것처럼 위와 같은 한계상황에서의 회화체도 완전히 고독하다. 자신에게만 의지할 수 있는 고독한 말이라는 점에서 본다면 한계상황에서의 연설은 현저히 글에 가깝다. 한계상황에서 우리들은 쓰는 것처럼 이야기해야 한다.

누구였는지 잊어버렸지만 일본의 어느 작가가 자신의 작품을 낭독하여 그것을 문지방 저편에 있는 식구에게 들려주는 방법으로 문장을 어떻게 만들지 힌트로 삼았다는 이야기가 미담처럼 전해지고 있다. 문장은 음독되어짐에 따라 회화체 세계로 들어간다. 작가는 장지문으로 가려 회화체에 수반되기 쉬운 유리한 조건을 고의로 제거하고 말을 고립시키며 일종의 한계상황으로 내몰았던 것이다.

하지만 이 이야기가 특히 미담으로서 통용되는 것은 라디오가 발달하기 이전의 일이다. 왜냐하면 장지문으로 차단할 필요도 없이 라디오는 회화체를 고립무원의 상태로 내몰고 한계상황을 간단히 보편화시켜버렸기 때문이다. 라디오에서는 듣는 사람의 반응도 말하는 사람의 표정도 기능하지 않는다. 라디오의 출현은 암묵적으로 일본어를 시련의 장소로 끌고나온 것이었다. 일본어 발음이나 악센트가 광범위한 문제가 되기 시작한 것도 라디오 출현에 의해서였다. 그러나 이 점은 아직 본격적으로 고려되지는 않고 있는 듯하다. 일본어를 라디오에 견딜 수 있도록 개량하는 작업은 좀 더 진지하게 진행되어야 한다고 생각한다. 요컨대 우리들은 '말하듯이 쓰는' 연습이 아니라 '쓰듯이 말하는' 연습을 해야 하는 상황이다. 아니, 이야기하는 것이든 쓰는 것이든 그 어떤 것에도 기댈 수 없는 상황에서 말을 사용하는 연습이 필요하다. 그 정도로 결심한 후 이야기하는 연습을 하면 그것은 그대로 쓰는 연습이 될 것이다.

짧고 강한 글을 쓰자

돌아가신 구보 사카에 씨久保栄(1901년~1958년)에게 『노보리가마のぼり窯』라는 작품이 있다. 제1부 '기계장 열기機械場びらき'(1952년)밖에 공개되지 않았지만 글이라는 점에서 이 작품은 처음부터 특별한 의도를 가지고 쓰인 것이다. 저자는 '후기'에서 다음과 같이 적고 있다.

'나는 이 작품 속에서 문장 구성에 대해서는 주로 외국에서 배우고 표현 그 자체는 최대한 번역문투를 피하고 일본적인 표현을 따랐다. 문장 구성을 외국에서 배운 것은 일본어가 이른바 단선율單旋律이라 자칫하면 에세이풍이 되는 결점을 보완하고 싶었기 때문이다. 어떤 독자들에게는 폐가 될 거라는 것을 알면서도 나는 단어를 두껍게 발라가며 몇 가지의 묘사의 선을 다선율多旋律로 써나가려 시도했다. 의식적으로 번역문투를 피했던 것은 말할 것도 없이 독자들의 피와 살 속에 깃든 민족적 감정에 호소하고 싶었기 때문이다. 소시민적인 장식음으로 말을 꾸며대며 주제가 박약한 것을 감추거나 대중을 위한다는 구실로 히라가나가 많은 문장을 쓰면서 서구 문맥을 그대로 흉내 내는 경향에는 찬동하지 않는다.'

구보 사카에 씨는 담백하고 가녀린 일본어 문장에 분노하고 있다. 그러나 단순히 문장뿐만 아니라 일본의 사상이나 문화가, 아니 일본인 그 자체가 담백하고 가녀리다는 점에 완전히 정이 떨어진 것이다. 그런 까닭에 외국어 문장의(동시에 외국의 사상, 문화, 인간의) 굵은 선, 복잡함, 집요함을 배우려 하고 있으며 번역문투를 피함으로써 이것을 일본 민족의 감정과 연결시켜 안으로부터 일본인을 개조하려고 생각했던 것이다. 구보 사카에 씨와 비슷한 마음은 적지 않은 사람들이 가지고 있을 것이다. 나도 비슷한 심정으로 이 책을 쓰고 있다. 그러나 이 마음과, 특수한 어순을 비롯한 일본어의 특색은 잘 조화된다고 할 수 있을까. 『노보리가마』 자체에 대해 나는 그것을 봐야 했다. 이 작품은 다음과 같은 문장으로 시작되고 있다.

'지금은 네 개의 섬으로 돌아간 일본의, 북과 동의 끝을 만드는 홋카이도는, 가까운 바다에서 잡힌 보리새우라는 생선 모습과 비슷한데, 그 마름모꼴을 한 몸통과 본토를 향해 꼬리처럼 뻗쳐나간 반도 사이에, 봄마다 거친 바람이 흙먼지를 날리며 수림의 남쪽 줄기를 흔들어 휘게 했기 때문에 태평양에서 동해로 비스듬히 기울어지듯 빠져나가는 폭이 좋은 저지대가 있다.'

다음 페이지로 넘어가면 이렇게 쓰여 있다.

'메이지 시대 초기 멀리서 개척사 청사로 초빙되어 온 미국 토목기사는 중앙산맥에서 캐내온 석탄을 바다까지 운반하는 경로에 대한 질문을 받고, 그 파란 눈동자와 건강한 다리로 답사를 행한 끝에, 우선 이 에베쓰江別 기슭에 쌓을 수 있는 공간을 만들고 광구에서 거기까지는 기차, 그리고 나서는 배로 강어귀로 운반하여 내려가거나 혹은 에베쓰에서 그대로 강줄기를 벗어나 저지대가 남아 있는 폭을 레일로 횡단하여 도중 지류 중 하나인 도요히라강豊平川이 반도에 가까이 붙어 있는 산기슭에 만들어놓은, 훌륭한 부채꼴 땅 위에 펼쳐지는 삿포로의 거리를 넘어 그 산등성이가 동해로 떨어지는 곳에 만들어진 얇게 깎아낸 해식단구海蝕段丘의 끝자락을 돌아 오타루小樽 부두에 다다른 두 개의 노선을 건의했는데, 강 수면의 결빙 및 여타의 사정으로 나중 노선이 실현되었다.'

위의 두 문장은 모두 책을 펼치자마자 보이는 부분이기 때문에 구보 사카에 씨가 자신의 원칙을 필사적으로 적용시킨 부분으로 봐도 무방할 것이다. 그러나 이 부분을 읽고 있으면 일본어가 질 수밖에 없는 숙명 같은 것을 느끼며 침울해져 버린다. 이 일본어 문장의 이면에는 which 나 welches를 종횡으로 사용한 외국어 문장이 가로질러 있다. 그 때문에 담백하고 가녀린 것이 아니라 복잡하고 강인하게 되어버렸다고 해도 좋다. 하지만 이것은 일본어에 대한 일종의 폭행이다. 적어도 쓸데없는 학대이다. 그리고 학대당한 일본어 자신이 구보 사카에 씨의 혁명적 의도를 심술궂게 배신하고 있다.

두 문장 모두 무척 긴 문장인 데다가 무척 읽기 어려운 문장이다. 일직선으로 길게 뻗쳐진 상태로 긴 것이 아니라 엄청나게 구

불구불 돌아가며 길다. 첫 번째 문장에서는 '저지대'라는 진짜 주어도, 이에 이어지는 '있다'라는 동사도, 요컨대 문장의 주역은 마지막에 가서야 비로소 나타난다. 그때까지 독자들은 아무것도 결정되지 않은 채 허공에 붕 뜬 상태로 내팽개쳐진다. 그동안 방향조차 모르는 긴장감에 견디지 않으면 안 된다. 게다가 이 주어 앞에는 이것을 수식하기 위한 59자가 붙어 있고 무척이나 앞이 무거워진다. 외국어 문장이라면 당연히 주어 뒤에 얌전하게 첨부되어질 것이다. 두 번째 문장에서는 '미국의 토목기사'가 주어이며 마지막 부분의 '건의했다'가 동사인데 그 사이에 무려 241자가 빼곡하게 늘어서서 주어와 동사가 멀리 떨어져 있는 일본어의 마이너스 면을 완벽하게 부각시키고 있다. 오히려 그것이 과장되고 있다고 해도 무방하다. 도중에 뭐가 어떻게 된 것인지 알 수 없게 된다. 게다가 '건의했다'로 독자가 안도하는 것도 잠시, '나중 노선이 실현되었다'로 끝나기 때문에 '혹은'에 선행하는 52자는 이른바 쓸데없이 읽은 것이 된다. 어떤 문장도 한 번 읽어서는 안 된다. 주의 깊게 특히 선행하는 단어를 잊지 않도록 노력하며 몇 번이고 읽어야 한다. 그래도 우리들 머릿속에 홋카이도의 지도가 있다면 그나마 다행이다. 지도 따위 없는 사항, 예를 들어 철학이나 사상에 관한 사항이었다면 읽었을 때의 곤란함은 거의 극복 불가였을 것이다. 심지어 그것을 귀로 들었다면 곤란함은 이미 절망적이다. 라디오에서 방송되었다면 설령 홋카이도 지도가 청취자 머릿속에 있었다 해도, 혹은 아나운서의 낭독 기술이 엄청나게 탁월했다손 치더라도 듣는 사람의 괴로움은 비인간적인 것이 될 것이다.

　내 경험으로는 복잡한 내용을 바르게 표현하고자 하면 할수록 하나하나의 문장은 짧게 하고 이것을 똑바로 쌓아나가야 한다. 일본어 문장 구성 면에서 이를 피할 수 없다. 이 경우도 독자들에게 익숙한 사항이라면 사정은 달라지겠지만 그것을 그다지 기대할 수 없을 때는 아무래도 짧게 하지 않으면 안 된다.

첫 번째 문장은 적어도 세 개의 문장으로 나누어야 한다. (1)홋카이도는 보리새우 형태와 비슷하다는 것, (2)그 몸통과 꼬리 사이에 저지대가 있다는 것, (3)봄이 되면 강한 바람이 이 저지대에 분다는 것. 이 하나하나를 하나의 문장으로 완성시키는 편이 좋을 것이다.

두 번째 문장은 네 개의 문장으로 나누어야 한다. (1)미국에서 토목기사가 왔다는 것, (2)그에게 의견을 물어 답변을 요청했다는 것, (3)그가 두 가지 방법을 건의했다는 것, (4)나중에 나온 방법이 실현되었다는 것. 짧은 문장으로 하나의 장면을 정확히 묘사하고, 필요에 따라 문장과 문장 사이를 강한 접속사로 연결해간다면 결코 담백해지지도 않고 가벼려지지도 않을 것이다. 또한 그러는 편이 쓰는 사람에게도 읽는 사람에게도 무리가 없을 것이다.

텔레비전의 도전

나는 앞에서 라디오가 일본어를 시련의 장소로 끌고 나왔다고 썼다. 그러나 텔레비전은 다르다. 텔레비전은 언어의 세계가 아니라 영상의 세계에 속한다. 앞에서 말한 대로 화가가 그리는 꽃이 실물의 꽃과 비슷한 데 반해, '꽃'이라는 단어는 실물의 꽃과 비슷하지 않다. 말이란 어디까지나 추상적이다. 실물을 조금도 닮지 않은 추상적 단어를 사용하여 인간이 생각하고 이야기하고 쓴다는 것은, 혹은 그것을 상대방에게 전달한다는 것은 언어가 이미지를 만들어내기 때문이다. 그런데 텔레비전은 영상을 만들어낸다. 영상은 화가가 그린 꽃보다도 훨씬 실물과 비슷하다. 언어 세계가 의지할 데 없이 추상적인 것과 반대로 영상의 세계는 더할 나위 없이 구체적이다. 글을 읽는 데 필요한 에너지의 대부분은 추상적인 언어를 통해 이미지를 파악하는 데 소비되고, 글을 쓰는 데 필요한 에너지의 대부분은 이미지를 추상적인 말에 담아내기 위해, 혹은 이 단어에 의해 이미지를 상대방의 내부에 만들어내기 위해 소비된다. 생각해보면 이것은 극히 무리한 작업이다. 그러나 텔레비전은 처음부터 인간을 영상의 세계로 이끌기 때문에 인간은 스스로 이미지를 만들 필요가 없으며, 또한 영상의 압도적인 인간 흡수력 앞에서는 스스로 이미지를 만들 여유 따위가 없다. 영국 연구자가 말한 것처럼 텔레비전은 인간을 '넉아웃'시키는 물건이다. 라디오가 말을 고립무원의 상태에 세우는 데 비해 텔레비전은 언어를 영상의 부속품으로 만든다. 언어 측에서 생각해보자면 영상이라는 강력한 조력자가 나타난 것이 된다. 언어가 짊어져 왔던 무거운 짐의 대부분은 영상이라는 협력자에게 맡겨질 수 있다. 언어가 온전히 그 기능을 다하지 않아도 만사는 영상이 부담해준다. 언어는 유유자적 은거할 수 있다.

읽는다는 행위는 수동적이고 쓴다는 행위는 능동적이라고 서술한 적이 있다. 전자는 후자보다 정신적 에너지 방출이 적어도 된다고도 썼다. 언어 세계만의 내부를 보면 이것은 틀림없는 사실이다. 하지만 텔레비전에 의해 영상 세계가 우리들 앞에 열리면, 또는 영상이 가진 맹렬한 인간 흡수력을 생각하면 더 이상 읽는다는 행위의 수동성은 그다지 강조할 수 없게 된다. 영상이 외부에서 인간에게 다가와 이를 압도해버릴 때, 이와 비교하면 글을 읽는 인간이 추상적 언어를 통해 인간 내부에 이미지를 만들어내기 위해서는 시종일관 정신이 능동적 자세를 유지하고 긴장을 잘 견디지 않으면 안 된다. 수동은커녕, 전투적이어야만 한다. 바꿔 말하면 텔레비전의 발전에 따라 읽는 것 자체가 나날이 어려워지고 있다. 그리고 당연히 쓰는 것은 더더욱 어려워지고 있다. 한층 많은 에너지를 필요로 하게 된 것이다. 텔레비전이 출현하기 이전이었다면 구보 사카에 씨의 문장도 조금은 수월하게 읽을 수 있었을 것이다. 우리들도 읽는 끈기가 있었을 것이다. 어쨌든 라디오와는 다른 의미에서 텔레비전은 우리들의 글을 새로운 상황으로 몰아넣고 있다.

텔레비전 시대의 글

오랫동안 나는 글을 쓰며 살아왔다. 그 경험을 독자에게 전해주고자 이 책을 썼던 것이다. 그러나 내 경험 따위는 문제가 되지 않는다. 몇천 년이나 되는 세월 동안 인류는 글을 써왔기 때문이다. 글은 문자가 없으면 성립되지 않는다. 이것은 분명하다. 하지만 또 하나 분명한 것은 지금까지의 글은 문자만이 있었던 시대에 쓰였다는 사실이다. 수천 년에 걸친 문자의, 수백 년에 걸친 활자의 독재 아래서 글이 쓰여 왔던 것이다. 달리 유력한 경쟁자가 없는 태평스런 조건 아래서 쓰여 왔다. 그러나 19세기 말 라디오와

영화가 발명된 순간 이 독재는 끝났다. 그리고 이것이 끝났다는 것은 제2차 세계대전 후 텔레비전이 본격적으로 실현된 것에 의해 확인되었다. 즉 글은 비로소 영화, 라디오, 텔레비전이라는 유력한 경쟁자가 있는 장소에서 쓰이게 되었다.

유력한 경쟁자에 의해 둘러싸여 있다는 것을 눈치채면 독재라는 조건에 안주하며 우리들이 지금까지 문장 공부를 게을리 해왔다는 사실을 반성하지 않을 수 없다. 영화, 라디오, 텔레비전, 모두 역사는 짧지만 제각각 궁리에 궁리를 더해 오고 있는데, 오히려 글 쪽은 아직 독재 시대의 꿈에서 완전히 깨어나지 못하고 있다. 특히 논문의 경우는 정도가 심하다. 조금 거칠게 표현하자면 플라톤이나 아리스토텔레스 시대부터 오늘날에 이르기까지 거의 진보가 없었다고도 생각된다. 글을 쓸 수 있다는 것 자체가 가까스로 가능했던 일이라 어떤 방법으로 글을 써야 할지 고민할 여유가 없었다고도 말할 수 있겠지만, 그와 동시에 소설이 '만들어진 것'인 것과 달리 논문은 진리나 사실을 전하는 것이라는 안일한 마음이 초래한 결과라고도 생각된다. 앞서 살펴본 바와 같이 진리나 사실은 인간의 활동이나 책임을 포함하여 비로소 성립되는 법이다. 이를 망각하고 진리나 사실이 스스로 외치기라도 하는 것처럼 오해하며 논문 역시 '만들어진 것'이라는 것을 잊은 채 그저 진리를 쓰면 되고 사실을 기술하면 된다는 마음으로 어떤 글을 쓸지 고민하지 않았던 것이다. 또한 많은 논문들이 글을 써서 먹고 사는 사람들, 요컨대 독자에게 의존하는 사람들보다 관료학자에 의해 쓰여 왔다는 것과도 관련 있을 것이다.

언론탄압에 의한 문체의 변화

만약 최근 어떤 문체를 써야 할지 진지하게 고민하게 만들고 강제하게 한 것이 있다면 그것은 정부에 의한 언론 탄압이었다. 스에히로 뎃초末広鉄腸(1849년~1896년)는 말한다. '1876년 6월 정부가 반포한 신문지조례新聞紙条例, 참방률讒謗律(명예훼손에 대한 처벌 등을 정한 언론탄압법규. 신문지조례와 함께 공포된 언론규제법령-역자 주)은 우리들 기자에게 실로 청천벽력에 해당한다.' 이 법률에 의해 연거푸 필화사건筆禍事件이 발생하였고 많은 기자들이 투옥되게 되었다. 이 탄압 아래에서 어쩔 수 없이 사람들은 문체에 대해 고민하지 않을 수 없게 되었다. 그리고 여기서 새로운 문체가 탄생되었다. 그것은 어떠한 문체였을까. 후쿠치 오치福地桜痴(1841년~1906년)에 의하면 '여러 기자들의 글은 이런 험난한 일을 당했기 때문에 모두들 상당히 고생하여 우여곡절의 묘妙를 스스로 얻게 되었으나, 이로써 일본의 글에는 일종의 말하면 안 되는 표면과 이면의 차이의 한 단면이 나타나기에 이르렀다.' 스에히로 뎃초는 이런 새로운 문체를 '제냉배수의 문蹄冷杯水の文'이라든가 '연면활구의 문軟面滑口の文'이라고 이름을 붙였다. 요컨대 어디를 공격하고 있는지 고의로 애매하게 한 여성적 문장이다.

그러나 이것은 굳이 메이지 시대 초기까지 거슬러 올라가지 않고 내 집필 활동만 돌아봐도 제2차 세계대전이 끝날 때까지 한시도 잊은 적이 없었던 사항이다. 앞서 거론한『도쿄아사히신문』의 '창기병'란에 기고한 내 글도 그 한 예다. 자기가 가장 쓰고 싶은 것을 감추거나 혹은 가장 비난하고 싶은 것을 전제로 삼아 오히려 거기에서 파생되는 지엽적인 사항에 대해 주로 비판을 가한다. '좌우를 둘러보고 다른 말을 하다'는 말도 있듯이 이러한 경우의 상투적인 수단이다. 그러나 이 방법을 선택하면 당연히 단호히 잘라 말하는 스타일이 사라지고 사방팔방을 조심하는 장황한 스타일이 된다. '……라고 말할 수 있다고도 생각합니다만……'라는 상대방의 안색을 살피는 대화 스타일이 문장 속까지 기어들어 온다. 전쟁이 끝나고 십여 년이 지났음에도 불구하고 나는 여전히 당시의 버릇에서 벗어나지 못하고 있음을 스스로 느낀다.

하지만 이것은 두 가지 길 중 하나로 또 하나의 방법도 있다고 생각한다. 이것도 검열관의 눈을 피할 수단임에는 틀림없는데, 난해한 학술용어를 필요 이상으로 사용하여 말하고 싶은 것을 그 속에 감춘다는 방법이다. 나도 『사회와 개인』에서 의식적으로 이 방법을 사용했지만 나 이상으로 극단적인 예들도 많다. 이러한 '악문'을 비판하는 것은 금후 논문 스타일의 향상을 꾀하는 데 필요한 일이기는 하지만 학술용어의 어두침침한 행렬이라는 견고한 껍질에 보호된 채 일본의 학문이 암흑시대를 가까스로 살아낸 사실도 결코 잊어서는 안 될 것이다.

'도쿠가와 봉건제하에 영세 경작 농노를 속박하고 있던 봉건적 대토지영유권자의 가렴苛斂과 고리대 자본적 기생지주의 주구誅求라는 이중적 예역隷役 관계는 세금 및 제비용 37%, 소작인이 지주에게 바치는 도쿠마이德米 24%, 농노분배農奴取前 39%인 총 수확미 분할 배율에 나타나며, 그중 세금 및 제비용 취득자로서의 대토지영유권자의 전국토지영유비율은 고료御料(황실의 재산-역자 주) 0.5%, 막부령 25.8%, 번령 72.5%, 사사령社寺領 1.2%의 비례에 나타나며, 이상의 수직적=수평적 이중 관계 속에서 도쿠가와 봉건제 예역 기구의 기조를 보는데, ……' 야마다 모리타로山田盛太郎 씨의 『일본 자본주의 분석日本資本主義分析』(1934년)의 이러한 스타일은 한편으로는 엄밀성 추구가 근본에 있겠지만 다른 한편으로는 검열에 대한 고려의 결과라고도 봐야 한다.

제2차 세계대전 이후 문체에 대한 정치적 압박은 크게 제거되었다. 딱딱한 껍질은 불필요해졌다. 그런 까닭에 다음과 같은 문장은 점차 예외가 되고 있다. 다음에 제시하는 것은 마쓰이 다쓰노스케松井辰之助 씨에 의해 편집된 『중소상업문제中小商業問題』(1954년)의 서두의 한 구절이다.

'중소상업이라는 것은 자본제 대상업의 자본 압력에 의해 외부로부터 위협받고 그 일정 범위 안이라는 면에서 경영경제의 취약성과 수적인 방대성과 과다성을 이유로 고민스러워함으로써 사회적으로 문제를 짊어지기 시작한 바의, 이러한 범위의 상업군을 포괄적으로 총칭한 것이다. 설령 그 자체성에 있어서 중소성을 가지고, 그 일정 범위 안에 있어서 수적 방대성이나 과잉성의 위험을 가지는 경우가 있다 해도 자본제 사업에 의해 대항……'

히라가나가 너무 많은 문장

오히려 전후 일본 사회에서 행해진 새로운 문체에 대한 시도 중 가장 눈에 띄는 것은 한자를 줄이고 히라가나를 많이 사용한다는 방향이다. 이것은 상용한자나 새로운 히라가나 철자법의 문제와 분리하여 생각하기 힘든데, 학문을 대중에게 가깝게 하려는 적극적인 의도에 힘입어 이 경향이 유력해져 오고 있다. 다음에 소개하는 미즈타 히로시水田洋 씨의 문장도 분명 고민 끝에 고안된 것으로 생각된다.

'전에는 그 양들은 매우 유순하고 잘 따르고 소식을 했는데 오늘날에는 듣는 바에 의하면 매우 많이 먹고 난폭해져 인간조차도 자주 잡아먹고 있다는 것입니다(미즈타 히로시 문장의 원문에서는 한자를 최대한 줄이고 히라가나를 주로 사용하였다. 여기서는 번역문을 실었지만, 저자는 의미를 파악하기 불편한 예로서 인용한 문장이다-편집자 주).' 이것은 토마스 모어의 『유토피아』의 한 구절을 미즈타 히로시 씨가 번역한 것이다. 또한 다음과 같은 문장이 있다. '그렇다면 이러한 공산주의사상은 또 하나의 특징을 가지게 되지 않을까요. 즉 그러한 것들이 많든 적든 복고적이었다고 하는 것입니다.' '인민이 일찍이 그 아래 살고 있던 법이라도 그것이 그들 같은 자유인에게 어울리는 것이 아닌 것을 인민들이 깨달았다면, ……현재 그들이 가지고 있는 정부보다도 유리하다고 생각되는 것을 획득하기 위해서 모든 수단에 의해 노력할 것을 …… 주저해야 할 이유를 나는 알지 못한다.' '마그나카르타 그 자체가 많은 견디기 힘든 예속의 증표를 포함한 하찮을 것없는 것……'(이와나미 강좌 「현대사상」 제4권 1957년).

미즈타 히로시 씨뿐만 아니라 이렇게 히라가나가 많은 문장을 자주 발견하는데, 솔직히 나는 독자의 한 사람으로서 무척 읽기 어렵다고 느낀다. 어려운 한자는 피하는 것이 친절할 것이다. 또한 '기린'의 예를 굳이 들지 않더라도 한자 자체가 제멋대로 만들어내는 이미지를 경계하는 것도, 문자 저 너머에 있는 X를 생생하게 포착하고 독자들로 하여금 포착하게 할 수 있도록 하기 위해서는 필요하다. 그러나 그 반면 현재 단계에서는 히라가나만이 쭉 나열되어버리면 읽는 사람들은 많은 시간을 들여 한 글자씩 더듬더듬 읽어가야 하고 쓰인 글의 표면적 의미가 시각화되지 못한다. 덕지덕지한 글자들을 보며 우물쭈물하다가 템포가 떨어져 버린다. 독자가 지친다. 적어도 의무교육에서 가르치고 있는 한자 정도라면 좀 더 자유롭게 사용해야 하지 않을까. 이 점은 문자나 활자의 독재가 끝나고 영상의 시대가 시작되었기 때문에 더 한층 중요해졌다. 눈에 호소하는 영상의 공격이 나날이 강해지고 있을 때, 글이 눈에 호소하는 요소를 스스로 포기하는 것은, 자진하여 적에게 성을 내주는 것처럼 생각되기 때문이다. 전후 일본에서 새로운 글을 쓰고자 하는 가장 큰 시도가 텔레비전의 도전 앞에서 행해지는 자발적인 무장해제처럼 느껴진다.

문장의 본질을 살려가자

홋카이도의 지형을 설명하고자 구보 사카에 씨가 보리새우의 비유를 가지고 나온 것은 효과적이지 못했다. 이것은 이탈리아 반도를 장화라는 익숙한 것으로 바꿔 놓는 것과 마찬가지의 효과를 노린 것일 터이다. 그러나 일본인들에게 홋카이도의 지형은 이미 잘 알려져 있지만 반대로 보리새우 쪽은 장화만큼 친근감이 있는 대상이 아니다. 그 때문에 친근감이 없는 것을 친근감이 있는 것으로 바꾼다는 방법과는 반대로, 결과적으로 친근감이 있는 것을 친근감이 없는 것으로 바꿔버리는 것이 된다. 보리새우라는 생선을 모르는 사람은 오히려 홋카이도의 지형을 근거로 이 생선의 모습을 머릿속으로 그려내려고 할 것이다. 그러나 구보 사카에 씨만이 아니라 글을 쓰는 인간은 뭔가 비유를 들고 나와야 한다는 마음에 끊임없이 재촉당한다. 그들이 사용할 수 있는 도구는 조금도 실물과 닮지 않은, 혹은 통상적 의미의 실물이 결여된 말뿐이다. 그런 약점 때문에 이미 본 적이 있는 구체적인 사물을 발굴해서 이미지 성립을 쉽게 하려는 시도를 하고 싶어 안달이 난다.

하지만 일부러 보리새우 비유를 꺼낼 것 없이, 텔레비전이 한순간 홋카이도의 지형을 보여준다면 이 모든 것들은 한방에 끝난다. 생각해보면 문자 독재 시대의 글은, 언어라고 하는 추상적 수단으로는 본래 충분히 행할 수 없는 일, 즉 유형有形의 구체적인 사물에 대한 언어적 표현이라는 작업까지 떠맡아 왔다고 말하지 않을 수 없다. 텔레비전 시대가 되자 이것을 영상이라는 수단에게 양보하고 글 자체는 몸이 가벼워질 수 있다. 요컨대 앞으로의 글은 영상이 될 것의 언어화라는 작업에서 해방되어 영상이 될 수 없는 것에 온 힘을 쏟을 수 있다.

텔레비전은 나날이 진보해가기 때문에 어제는 불가능했던 것도 오늘은 가능해지고 있다. 그러나 모든 것들이 영상화되는 시대는 좀처럼 오지 않을 것이다. 바꿔 말하면 영상이 되는 것과 영상이 되지 않는 것의 구별은 금후에도 존재할 것이다. 영상이 될 수 없는 것은 두 종류가 있다.

우선 첫 번째는 추상적 관념이다. 우리들이 넘지 않으면 안 될 골에 대해 다시금 문제 삼으면, 골의 이쪽 편에 있는 구체적 세계가 영상이 되는 데 비해, 골의 건너편에 있는 추상적 세계는 좀처럼 영상이 되지 않는다. 구체적 경험의 고도화와 조직화에 도움이 될 추상적 관념은 영상의 시대가 찾아와도 여전히 언어에 몸을 의탁할 수밖에 없다. 견지를 바꿔 말한다면 텔레비전이 발달해도 글을 쓴다고 하는 고단한 작업은 우리들로부터 떠나지는 않는다. 오히려 텔레비전에서는 안일하게 영상에 기댈 수 있기 때문에 언어 그 자체를 소홀히 취급하는 경향마저 나타나고 있다. 이 점은 라디오가 회화체를 단련시켜왔던 것과는 반대다.

두 번째는 미래다. 영상은 옛날부터 있었지만 실물보다 늦게 영상이 태어난다는 것이 통례였다. 그러나 텔레비전은 실물과 영상 사이의 시간적 거리를 완전히 없애버렸다. 실물과 영상의 동시성의 확립이다. 그것은 과거를 정복할 뿐만 아니라 현재도 정복했다. 국기관国技館(주로 스모 경기가 이루어지는 시설―편집자 주)의 실물 도효는 그대로 영상으로서 우리들의 방에 나타난다. 하지만 텔레비전의 앞에는 미래라는 벽이 솟구쳐 있다. 과거를 정복하고 현재를 정복한 텔레비전도 미래의 벽을 뚫을 수는 없다. 미래란 사르트르풍으로 말한다면 무無인 것이다. 무의 영상화는 당분간은 예상할 수 없다. 그러나 텔레비전에 의해 정복된 과거 및 현재의 의미는 미래 속에 가로놓여져 있다. 적어도 미래와의 관계 속에 가로놓여져 있다. 그리고 미래는 문장에 의해 파악되고 표현되어야 한다. 영상의 의미는 글에 있다. 아무리 텔레비전이 발달해도 미래라는 것을 믿는 한 우리들은 앞으로도 글을 써가지 않으면 안 될 것이다.

맺음

나는 글을 쓰는 것에 있어서의 나의 경험과 이에 더해진 반성에 대해 언급해왔다. 나의 이런 시도는 글을 쓴다는 것의 어려움을 전제로 하고 있다. 만약 그것이 쉬운 작업이었다면 나 따위가 자신의 경험을 독자들에게 전할 필요도 없었을 것이다. 분명 글을 쓴다는 것은 그리 쉬운 일이 아니다. 그러나 그와 동시에 누구라도 글은 쓰고 싶을 것이고 글에 의한 표현 욕구는 어느 정도까지 자연스러운 것이라고 할 수 있다. 그런 까닭에 이 책의 독자 대부분은 글을 쓰고 싶다고 생각하는 사람들, 아니 이미 몇 번인가 썼던 사람들일 것이다. 그리고 그 과정에서 어떤 어려움을 느꼈던 사람들일 것이다. 나도 글을 쓰고 싶다는 욕구를 강하게 느껴왔고 몇 번이나 글을 쓰면서 어려움에 봉착해왔다. 이것을 생각하면 이 책에 가득한 내 경험 및 반성도 어떤 부분에서는 독자들에게 도움이 될 것이다.

그러나 이미 살펴본 것처럼 글은 역사적으로 전혀 새로운 단계, 즉 유력한 경쟁자에게 둘러싸여지는 단계에 돌입하고 있다. 지금까지도 글을 쓴다는 것이 쉬운 작업이 아니었다면 앞으로는 그 어려움이 한층 증가하고 있다고 말할 수 있다. 반면에 글이 가벼운 몸이 되어 그 본질로 순수하게 살아갈 수 있게 되었다고도 말할 수 있다. 하지만 어느 쪽으로 생각해도 추상적 언어로 이미지를 표현하는, 언어를 통해 이미지를 타인의 내부에 전하는 것은 옛날이나 지금이나 글의 본질이다. 옛날이나 지금이나, 가 아니다. 영상의 시대에 사는 우리들은 과거 사람들과는 도저히 견줄 수 없는, 전혀 다른 차원의 방식으로 이 본질을 소중히 하지 않으면 안 된다.

글을 기계처럼 만들자. 글을 건축물처럼 다루자. 애매한 '만'을 경계하자. 굵은 뼈대를 잊지 않도록 하자. 경험과 추상 사이의 왕복 교통을 잊지 말자. 일본어 어순에 주의하자. ……나는 이러한 룰을 거듭 반복해왔다. 이러한 것들은 옛날부터 글의 법도로 간주되었던 것을 내 방식으로 표현했다고 말할 수 있는데 나로서는 영상의 시대임을 고려한다는 차원에서 특히 이것들을 강조하지 않으면 안 되었다.

후기

이 작은 서적은 나의 문필 생활 경험에 반성을 더하고, 그것을 통해 논문의 기본적 룰 중 몇 가지를 이끌어내고자 시도한 것이다. 착실하게 문장 공부를 하고 있는 사람들에게 조금이나마 도움이 된다면 나로서는 매우 행복할 것이다.

이 책에서 말하는 '논문'이란 '지적 산문'이라고 할 정도의 넓은 의미다. 내용 및 형식이 지적인 문장을 말한다. 한편 그것은 당연히 시와 무관하며, 같은 산문이라도 예술적 효과를 노린 것, 즉 소설이나 수필과도 구별된다. 이 구별은 명료하지 않으면 안 된다. '예술 사진'이라는 단어가 가르쳐주고 있는 것처럼 애매한 것, 암시적인 것, 깊이 있는 것…… 즉, '지적 산문'이 실로 피해야 할 것이 예술의 이름으로 통용되는 예가 많기 때문이다. 그와 동시에 이 책에서 말하는 '논문'은 자연과학의 여러 분야에서 쓰인 '보고서'의 대부분을 포함하고 있지 않다. 그런 까닭에 '논문'은 철학, 사상, 문화, 사회과학 방면의 '지적 산문'이 중심이 된다.

그러나 이렇게 되면 당연히 대학자의 장편 논문이 포함되어버리는데 이 책의 경우는 주로 소학자의 소논문을 문제로 삼는다. 즉 대학의 졸업논문이나 리포트, 협동조합을 비롯한 각종 단체나 운동 중에 필요시되는 논문이나 보고서, 그리고 여러 가지 현상 논문, 강연이나 연설의 초고…… 이러한 것들을 중심에 놓고 있다. 나는 이런 작업에서 고생하고 있는 사람들에 대해 끊임없이 생각하면서 이 책을 써왔다.

위에 열거한 일들은 길이의 문제는 차치하고 유예의 기간이 있다. 책을 읽거나 생각을 가다듬거나 하는 준비 기간이다. 그러나 학년시험이나 입사시험에서 논문을 쓰는 경우는 유예의 기간이라는 것이 존재하지 않는다. 하지만 즉석 논문을 훌륭하게 쓸 수 있는가의 여부는 유예 기간이 부여되는 평상적인 작업에서 얼마나 충분히 연습해두었는가의 여부로 결정된다. 이런 의미에서 즉석 논문에 대해서는 딱히 고려하지 않았으며, 또 다른 의미에서 석사나 박사 논문처럼 차원 높은 레벨에 대해서도 생각하지 않았다.

처음에 나는 좋은 글의 예와 나쁜 글의 예를 충분히 제시할 수 있을 거라고 생각했다. 그것이 독자들에 대한 친절이라고 믿고 있었다. 무척 노력했지만 결국 이것은 거의 실행할 수 없었다. 그것은 글이 사상과 서로 녹아들고 있기 때문이다. 다루고 있는 문제 내부로 깊이 들어가지 않은 채 그저 좋은 글이라고 혹은 나쁜 글이라고 말하는 것은 불가능하기 때문이다. 철학 논문이라면 그것이 다루고 있는 철학상의 문제 그 자체를 정면에서 논하지 않으면 그 논문의 문제를 평가할 수 없다. 그런 사정에 따라 예문 제시가 도저히 불가능했다. 이로써도 분명한 것처럼 문장 공부는 문장이라는 형식적인 것의 공부로는 가당찮은 것이며 철학의 문제든 정치의 문제든 경제의 문제든, 어쨌든 그러한 내용 공부와 하나가 되지 않으면 안 된다. 문장을 만드는 것은 사상을 만드는 것이며 인간을 만드는 것이다. 니체는 말하고 있다. '문체의 개선이란 사상의 개선을 말한다Den Stil verbessern heisst den Gedanken verbessern.'

    현재는 학교 교육의 틀 안에서 문장 수업을 할 기회가 무척 적다. 내가 교육을 받았던 시절에는 철자법이라든가 작문이라는 명칭으로 초등학교, 중학교, 고등학교 등에서 그런 기회를 부여받았지만 그래도 진정으로 글을 쓰게 되자 학교 교육의 틀 밖에서 즉, 자기 스스로 공부하지 않으면 안 되었다. 이런 필요성이 현재에는 좀 더 커졌다고 봐도 무방할 것이다. 그를 위해 이런 책이 필요하게 된 것임에 틀림없다.

    나는 나의 문필 생활에 대한 기억을 더듬으며 논문을 쓸 경우의 약간의 룰을 끄집어내 보았다. 물론 이것은 나 같은 타입, 나 같은 처지의 인간의 경우다. 모든 독자들에게 강요할 수 있다고는 생각지 않는다. 그러나 '지적 산문'에 대해 진지하게 생각하고 있는 사람들에게는 분명 다소라도 도움이 될 것이다. 나는 그렇다고 믿고 있다.

시미즈 이쿠타로

역자 후기

'지금 알고 있는 것을 그때도 알았더라면.' 번역을 마치고 가장 먼저 든 생각이었다. 석사 논문 두 번에 박사 논문 한 번, 그 외에도 여러 저서들이나 학술지 논문 작성 등, 평생에 걸쳐 글쓰기의 어려움을 안고 살아왔기에 책을 번역하며 공감이 가는 부분이 적지 않았다. 지금 알고 있는 것을 그때도 알았더라면. 새삼 아쉬운 마음이다.

제목 그대로 이 책은 논문을 잘 쓰기 위해서 어떻게 해야 하는가를 담고 있다. 유명한 문장가인 저자가 자신의 직접적인 체험을 통해 터득한 글쓰기의 노하우를 다양한 방법을 통해 전수하고 있다. 그러나 가벼운 실용서는 절대로 아니다. 사물에 대한 인식과 재구성, 자신과 세계와의 관계 설정 등, 철학적인 내용을 바탕으로 글쓰기에 대한 보다 근본적인 문제들을 응시하고 있기 때문이다.

초판이 1959년인 책이기 때문에 현실과 부합되지 않는 면도 있으나 책의 골격에 해당하는 근본적인 부분은 여전히 설득력이 있어 현재에도 끊임없이 읽히고 있는 이와나미 신서 중 하나다. 단, 글쓰기의 근본 문제에 접근하며 일본어의 여러 작문 용례 등을 다루고 있는 부분에서는 여러 가지 사정들로 온전히 한국어로 옮기기에 어려운 부분도 적지 않았다. 그러나 전체적으로 한국어를 사용한 국내 논문 작성법에도 도움이 될 만한 내용을 담고 있다. 글쓰기의 마음가짐, 글을 대하는 정신, 실질적인 작문법 등 여러 가지 측면에서 충분히 적용될 수 있는 내용이라 판단된다. 읽기 전과 읽고 난 후, 논문을 쓰고자 할 때의 마음가짐이 달라져 있을 것이다. 자심감이 생길 것이다. 논문을 쓰는 자에게 큰 용기를 주는 책이라 느낀다.

역자 **김수희**

논문 잘 쓰는 법

초판 1쇄 인쇄 2016년 2월 20일
초판 2쇄 발행 2017년 7월 30일

저자 : 시미즈 이쿠타로
번역 : 김수희

펴낸이 : 이동섭
편집 : 이민규, 김진영
디자인 : 이은영, 이경진
영업 · 마케팅 : 송정환, 안진우
e-BOOK : 홍인표, 이문영
관리 : 이윤미

㈜에이케이커뮤니케이션즈
등록 1996년 7월 9일(제302-1996-00026호)
주소 : 04002 서울 마포구 동교로 17안길 28, 2층
TEL : 02-702-7963~5 FAX : 02-702-7988
http://www.amusementkorea.co.kr

ISBN 979-11-7024-672-5 04800
ISBN 979-11-7024-600-8 04080

이 도서의 국립중앙도서관 출판예정도서목록(CIP)은 서지정보유통지원시스템
홈페이지(http://seoji.nl.go.kr)와 국가자료공동목록시스템(http://www.nl.go.kr/kolisnet)에서
이용하실 수 있습니다. (CIP제어번호: CIP2016001548)

*잘못된 책은 구입한 곳에서 무료로 바꿔드립니다.